美人石

清·王源昌

飛去秦宮千載寒
貞心化石五丁酸
何緣結向深巖裏
羞傍夫山一樣看

天書寶函

明·路振飛

天書無字句
譜刻寸靈間
若向石求解
寶函分外頑

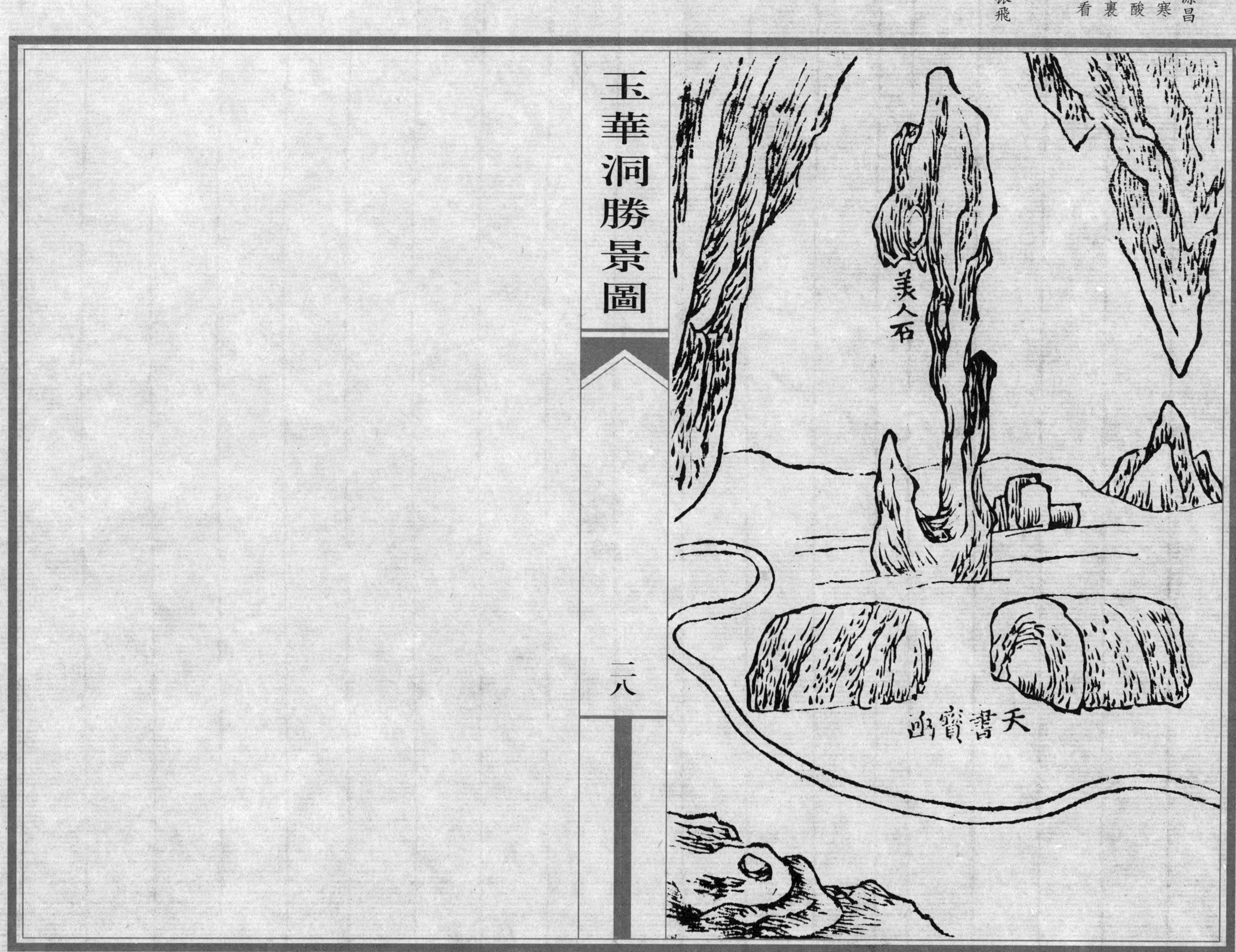

擎天柱

佚名

誰煉媧皇石
巍峨欲接天
淩霄三百尺
拔地幾千年
遠岫羣峰拱
層崖一柱懸
攀躋如可上
吾欲挾飛仙

蝦蟆石

清·吴殿齡

石洞有蝦蟆
癡癡爲哪家
仙田蟲不至
靜卧吸煙霞

靈龜飲水

佚名

誰將千歲龜
移置煙霞窟
曳尾清泉中
君身有仙骨

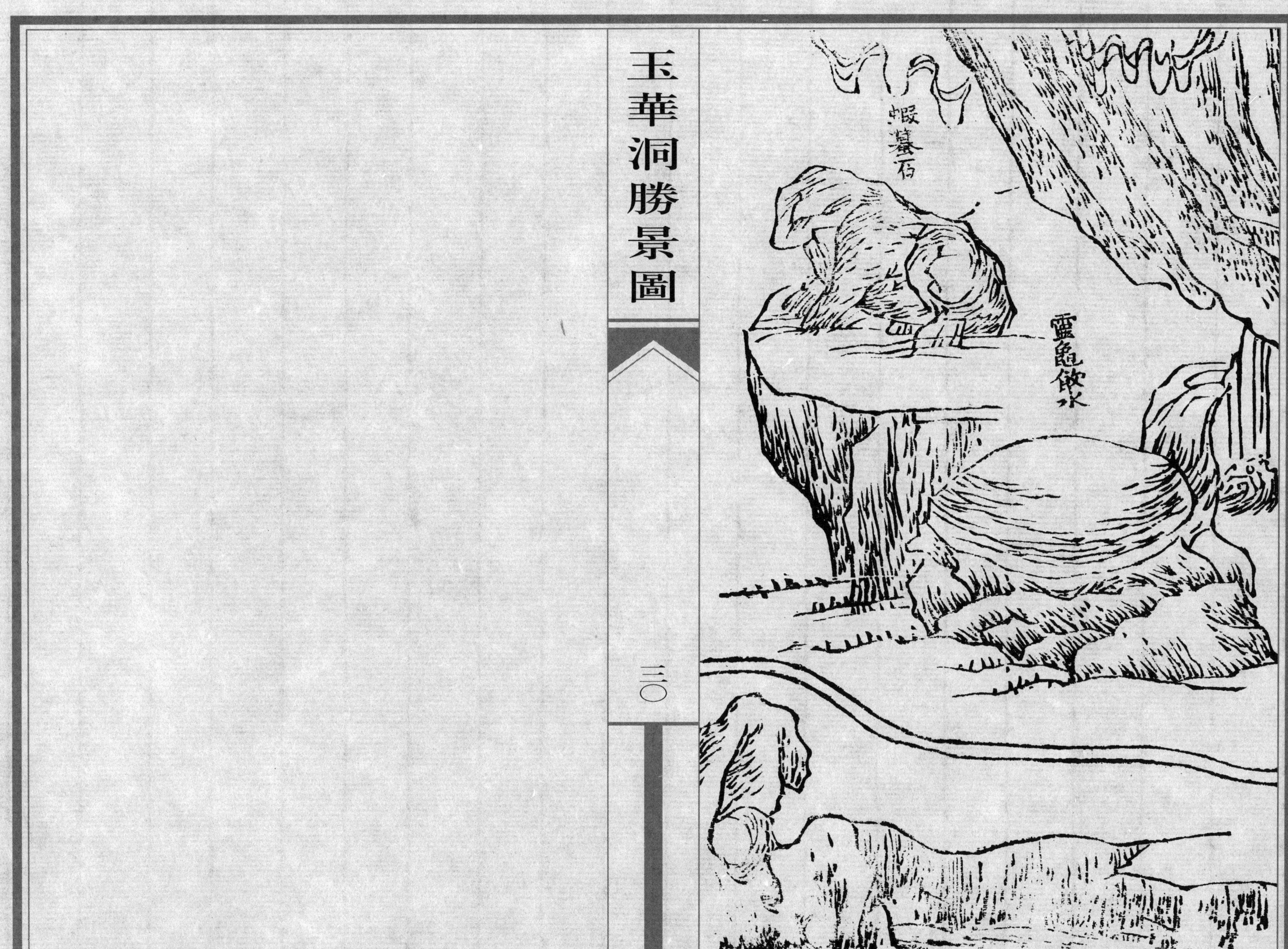

倒垂三教

清·王源昌

不顛不倒不歸同
粉碎虛空太極中
莫認三家分我相
石人應作點頭翁

倒垂三教

達摩渡江

明・鄒維璉

風波馳一葦
能渡眼中人
一識慈航穩
無勞更問津

峨眉石

佚名

不將螺黛染春山
琢得雲根秀一彎
卻笑風流京兆筆
年年妝點鏡臺間

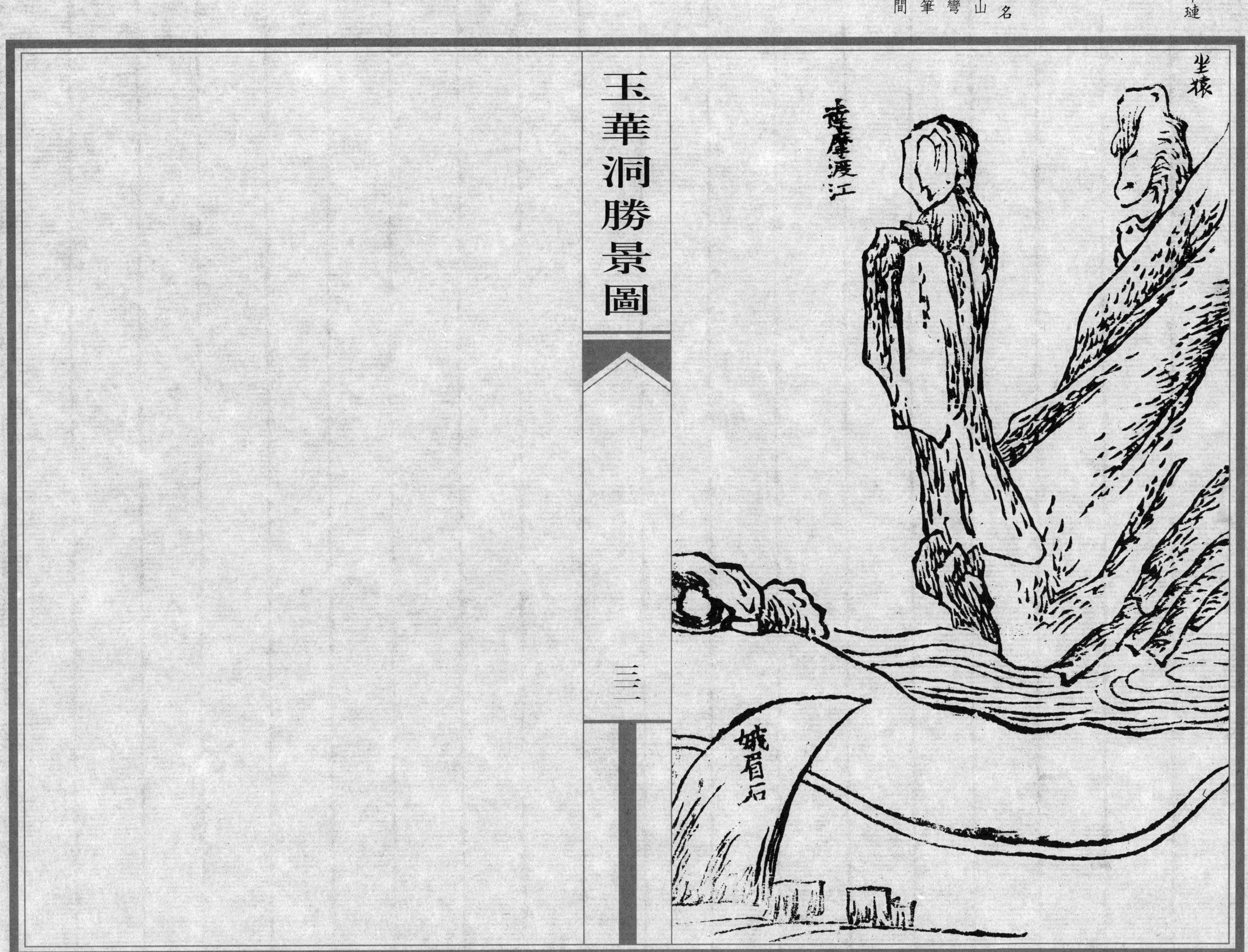

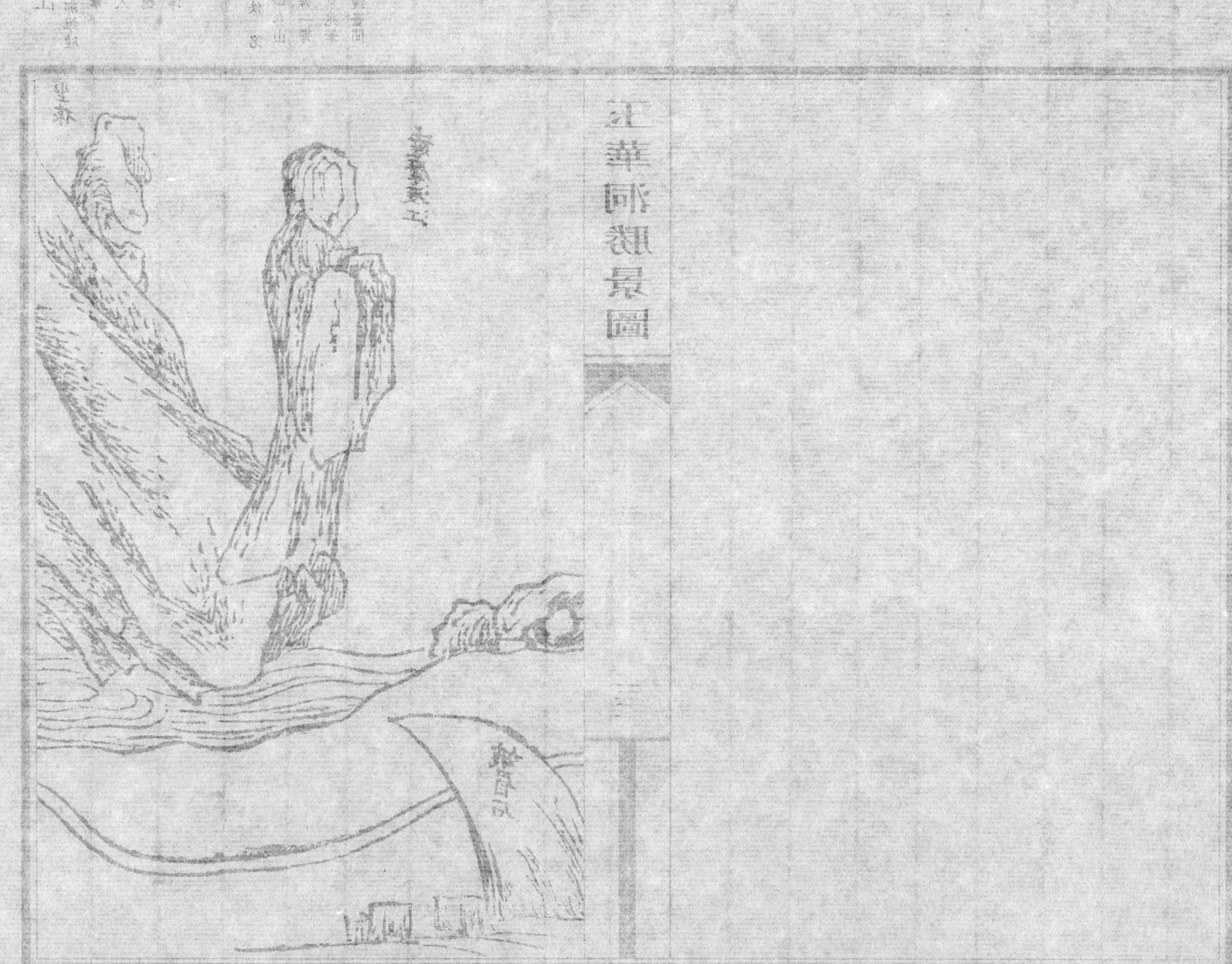

鼓子石

明·鄒維璉

昔卧張麗英
清歌猶在耳
會取蜀山桐
撾聞數十里

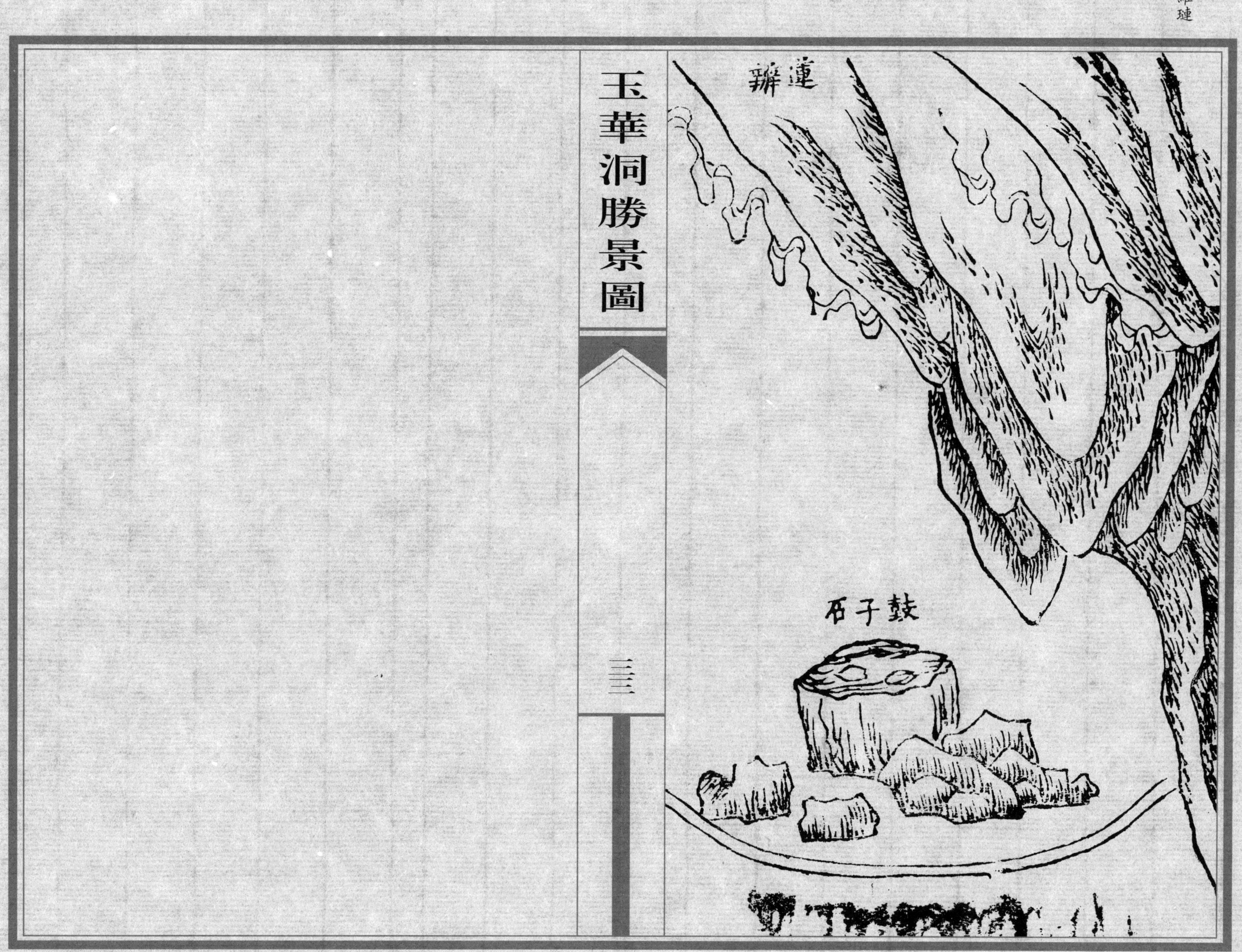

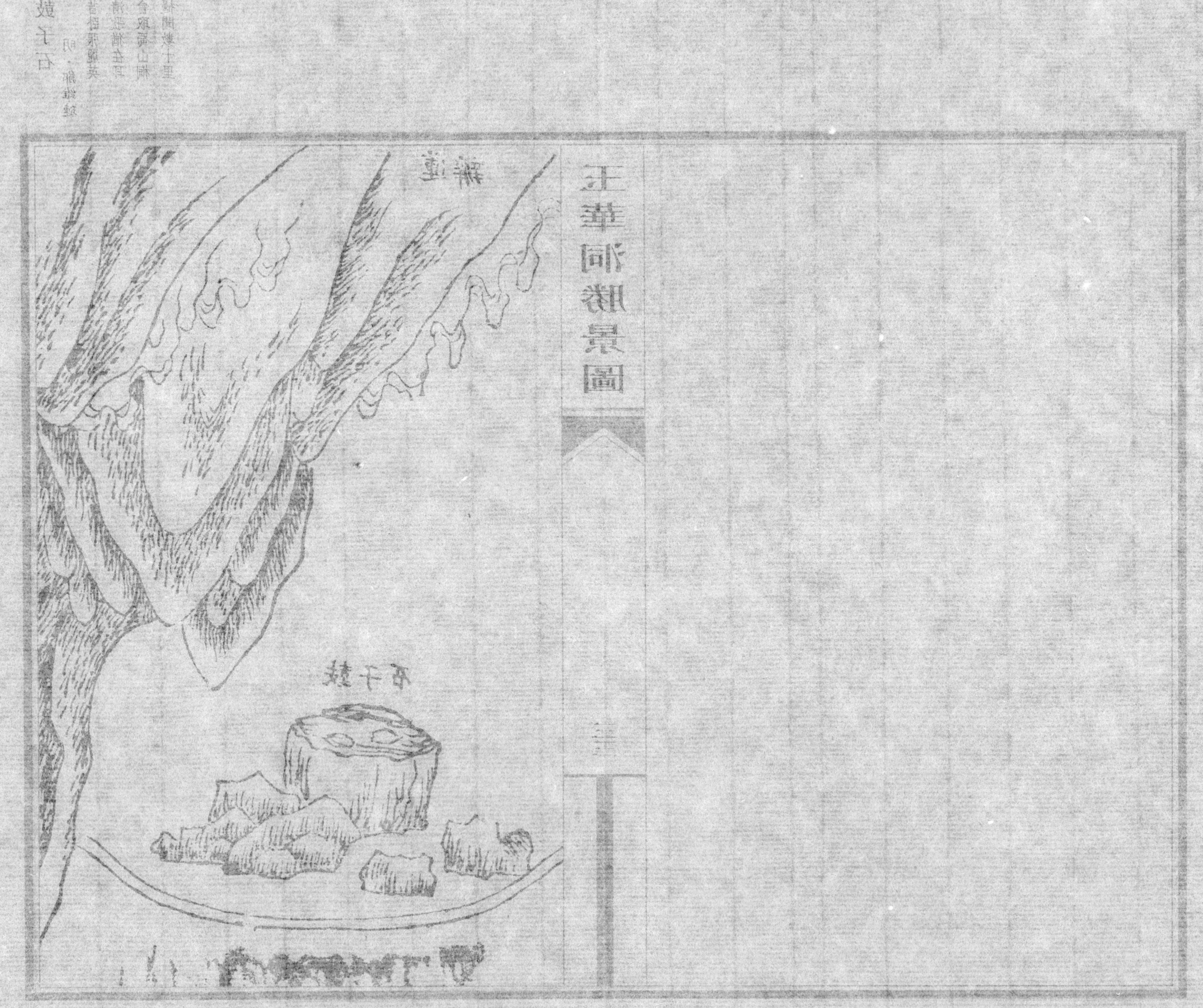

仙犬　佚名

仙家歲月閑
金鈴靜不響
偃卧白雲間
誰爲吠日想

石柱　明·揭鴻

巖漿積萬年
一柱自歸然
拔地擎天立
悠悠傲洞天

玉華洞勝景圖

玉華洞勝景圖

帽子石 清·王源昌

露頂王侯只等閑
秋風吹落在龍山
世人只戀司徒帽
誰肯逍遥挂此間

水露盤 佚名

琢就仙家白玉盤
迎風承得露轉轉
金莖不解相如渴
百尺臺前月自寒

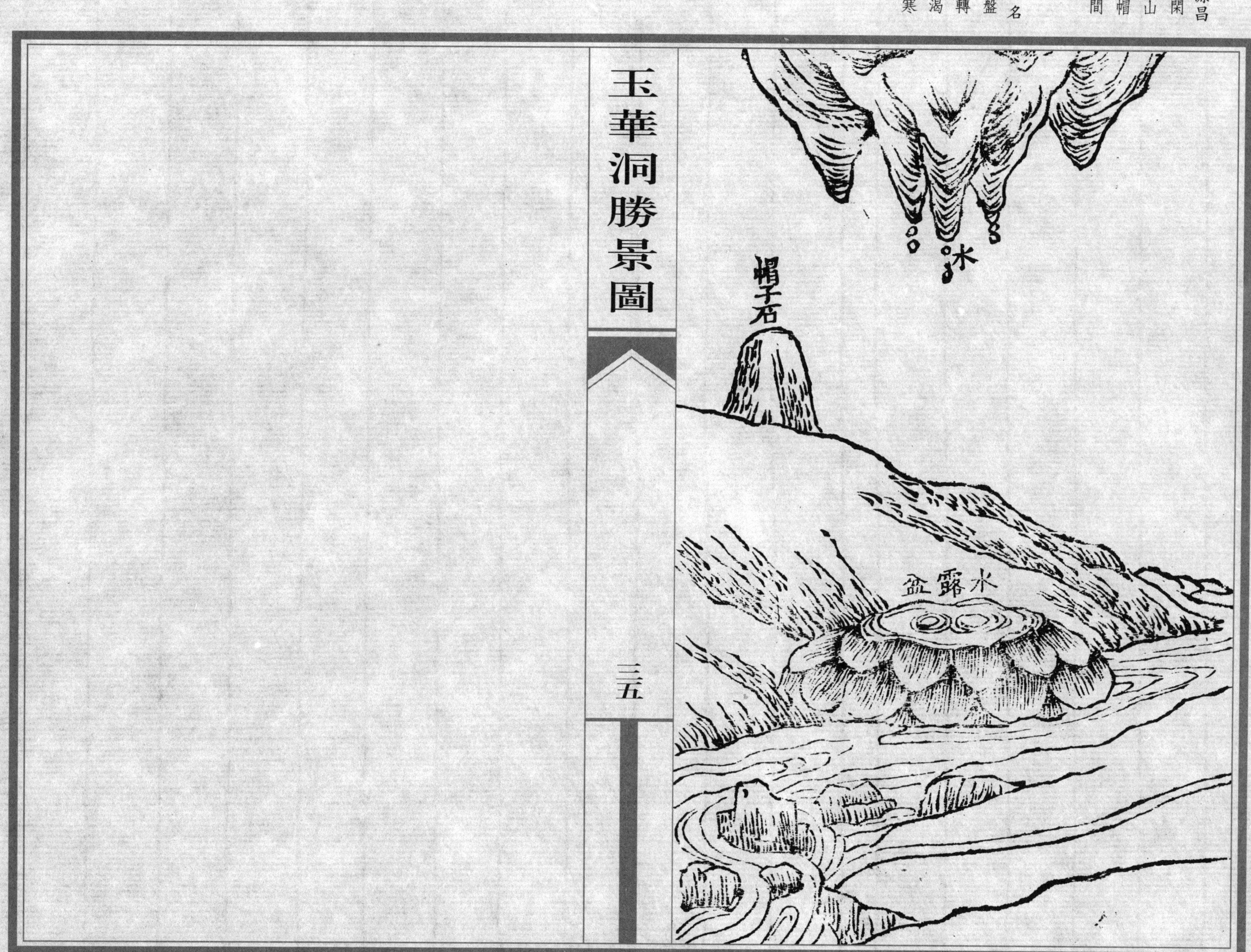

真武立龜　明·陳真

披髮驚妖孽
踏龜鎮洞天
降龍伏虎在
大帝法無邊

蠶叢石　佚名

誰從蜀道來
繪得蠶叢石
不見子規啼
淒涼風雨夕

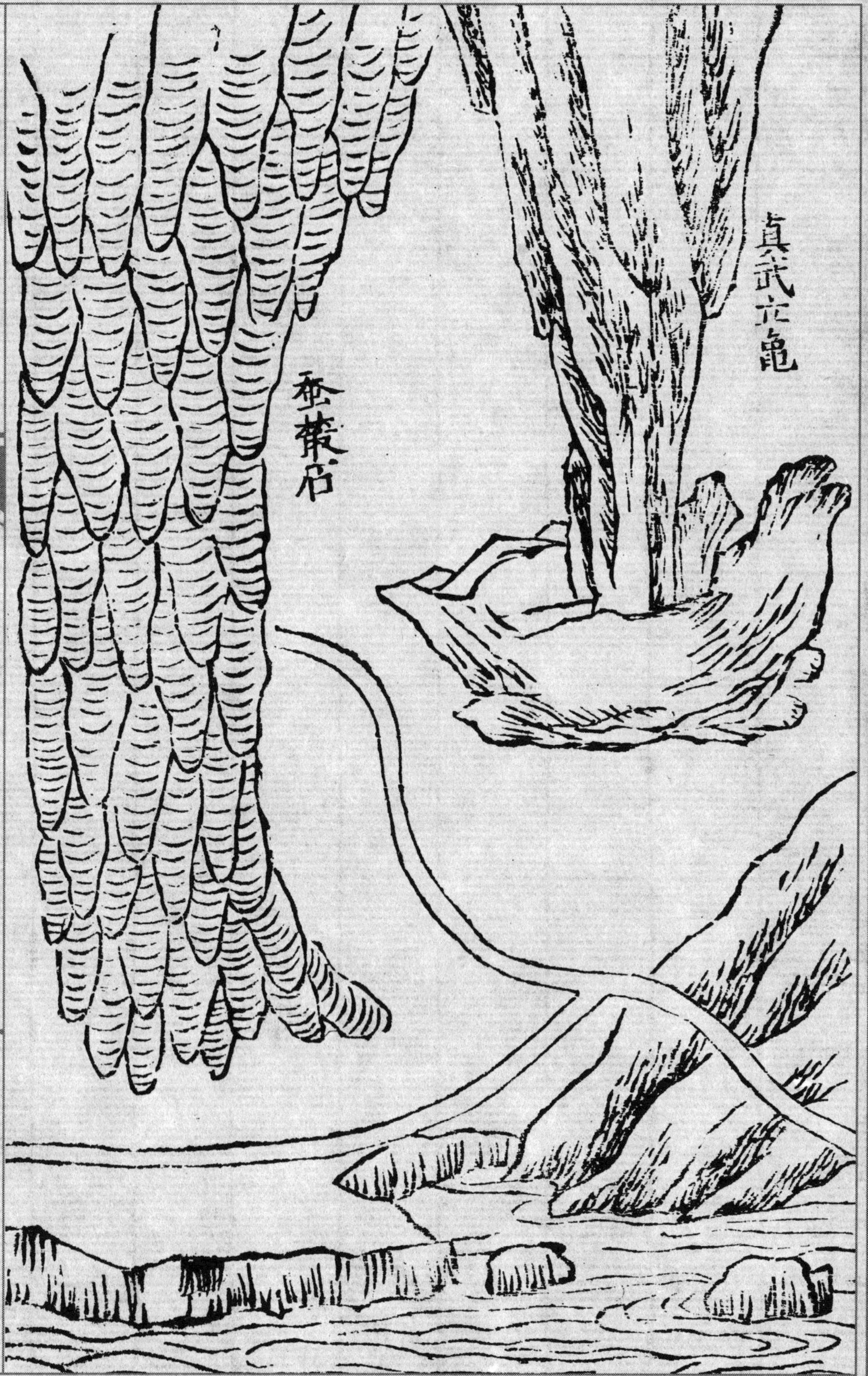

真武立龜

蠶叢石

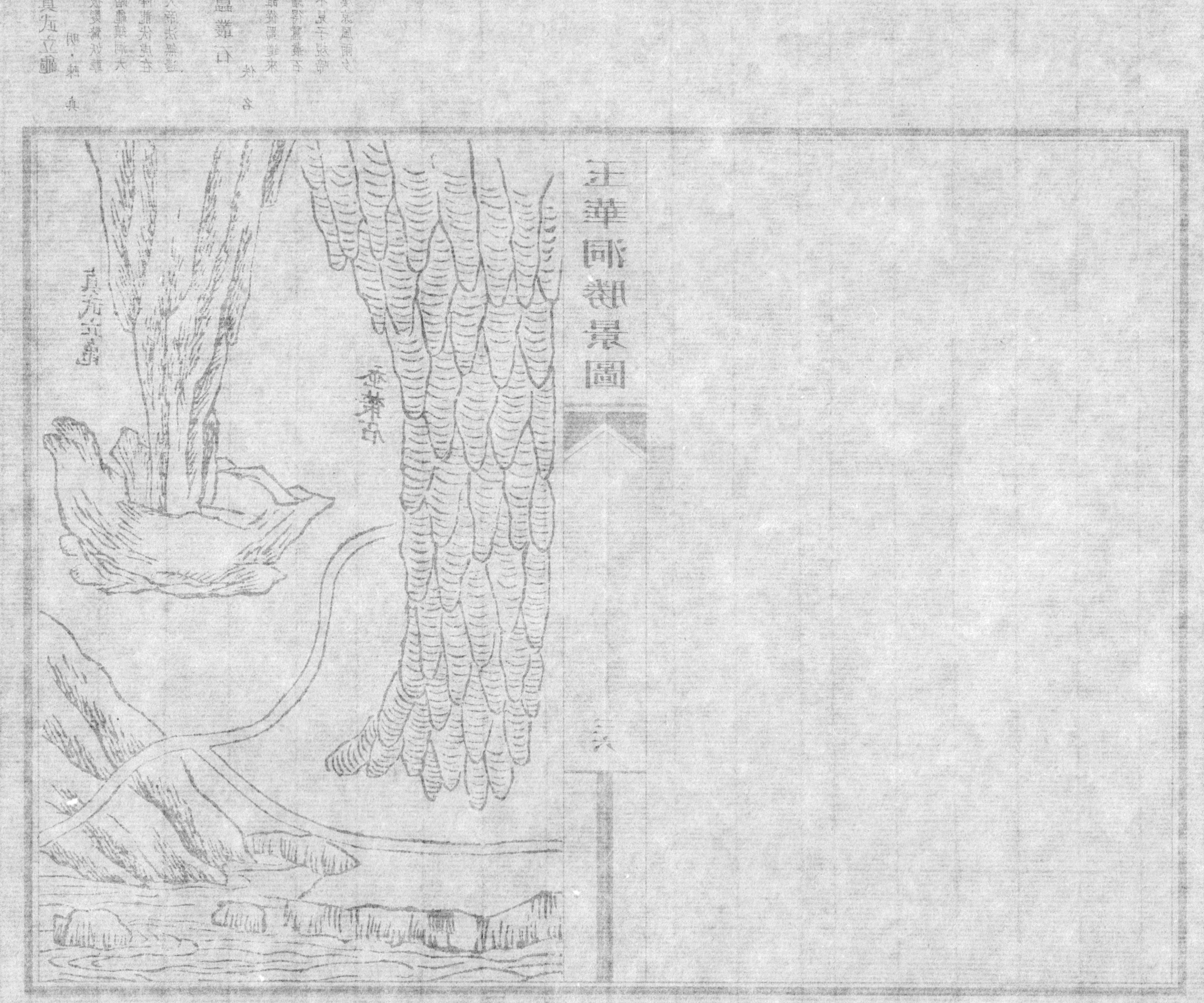

仙果盒

佚名

瑶池金母宴羣仙
火棗交梨正薦鮮
蒂緑飛瓊初結束
雙擎玉盒玳筵前

石柱

明·伍朝翰

石柱巍巍立洞間
參天拄地萬千年
瑶池仙果憑誰護
應有功高著史篇

玉華洞勝景圖
金果石
石柱

仙兀　明・路振飛

騎鶴玉清去
空閑七寶牀
勞人肯暫息
不比夢黃粱

仙兀　清・王源昌

奔鹿馳猿塵世忙
懸將石榻夢黃粱
移來呂枕莊園蝶
誰肯懵蒙睡正長

玉華洞勝景圖
仙几
三八

五星聚井

佚名

巖頭忽見五星明，耿耿猶疑照太清。
應是文明多瑞氣，紅雲遥拱泰階平。

蓮花座

明·鄒維璉

法座嵌空結，琉璃注碧泉。
紅蓮無歲月，花實自年年。

玉華洞勝景圖

五星聚井

蓮花座

倒垂鍾離　清・王源昌

盡說開山第一仙
燒丹渡得幾人還
自從跨鶴人難再
拭目於今尚倒懸

燕子歸巢　清・王源昌

穿簾巢幕故飛飛
千載能教户北扉
可是雷風石燕起
繞巖依舊故山歸

仙井　佚名

仙人去不歸
巖畔遺仙井
我欲汲清泉
自顧無修綆

玉華洞勝景圖

四

白雲洞

佚名

一片浮雲洞內藏
仙家風景自蒼茫
若教吹嚮銀河畔
好倩天孫織錦裳

朝冠石

佚名

神仙何事有朝冠
莫把貂蟬一樣看
玉殿紅雲人鵠立
東坡曾作押衙官

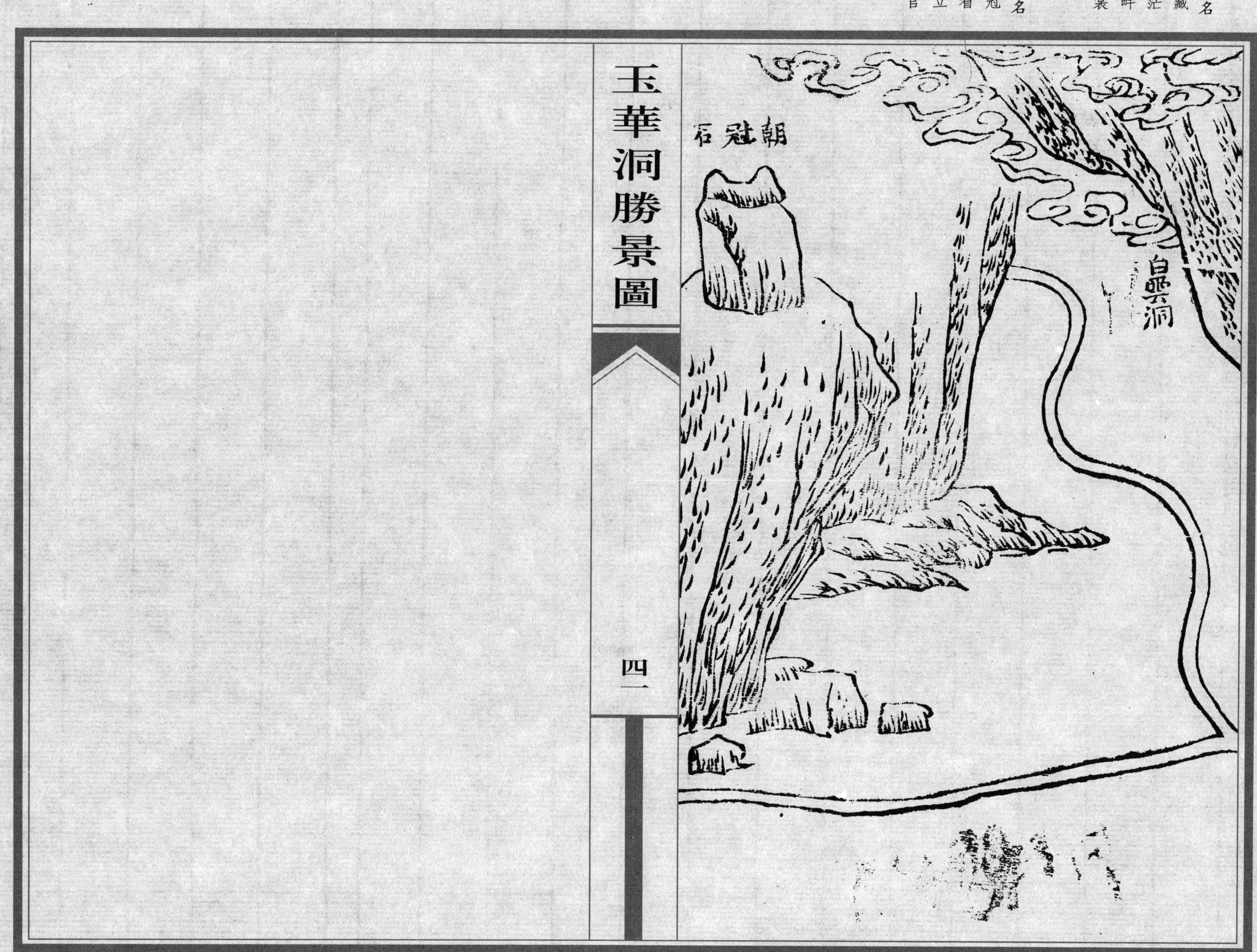

東坡曾作御前官
玉殿紅雲入鶴立
莫把綸揮一樣看
神仙何事有朝冠
佚名

朝冠石

好倩天孫織錦裳
普教大斷銀河半
仙家風景白蒼茫
一片浮雲洞內藏
佚名

白雲洞

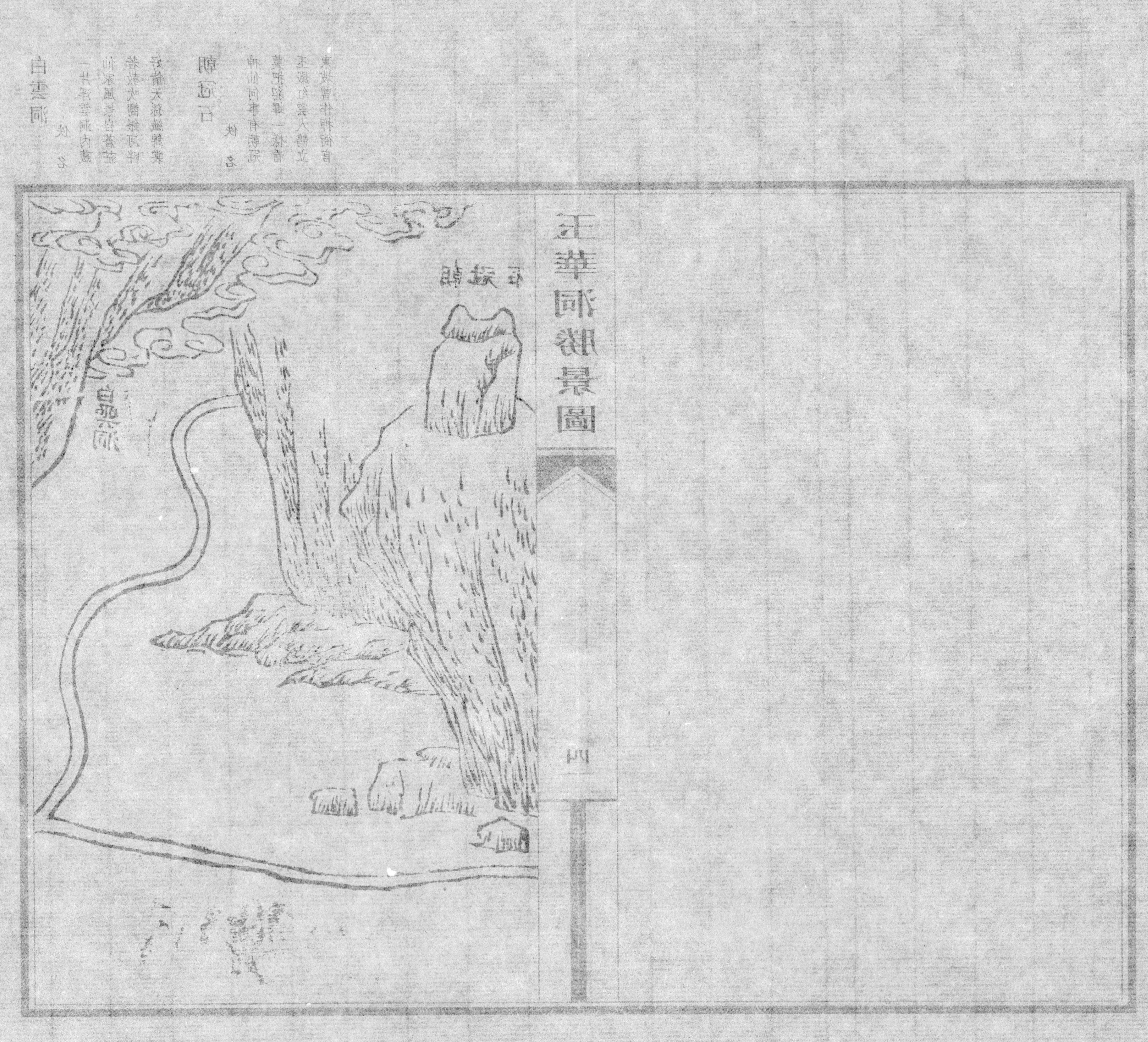

仙靴

佚名

王喬舃鳥已高翔
又見仙靴在洞房
料得朝天人散後
履聲遥認尚書郎

白玉屏

明·路振飛

幽人不卜宅
道妙草堂靈
况有紫霞府
晶瑩白玉屏

仙鷴

佚名

飛翥猶疑出隴山
隨雲來往翠微間
從今不受樊籠苦
好伴仙家日月閑

鍾呂傳道

清·廖中熙

仙道從來莫可傳
正心誠意是真詮
兩人默會此中趣
相向無言别有天

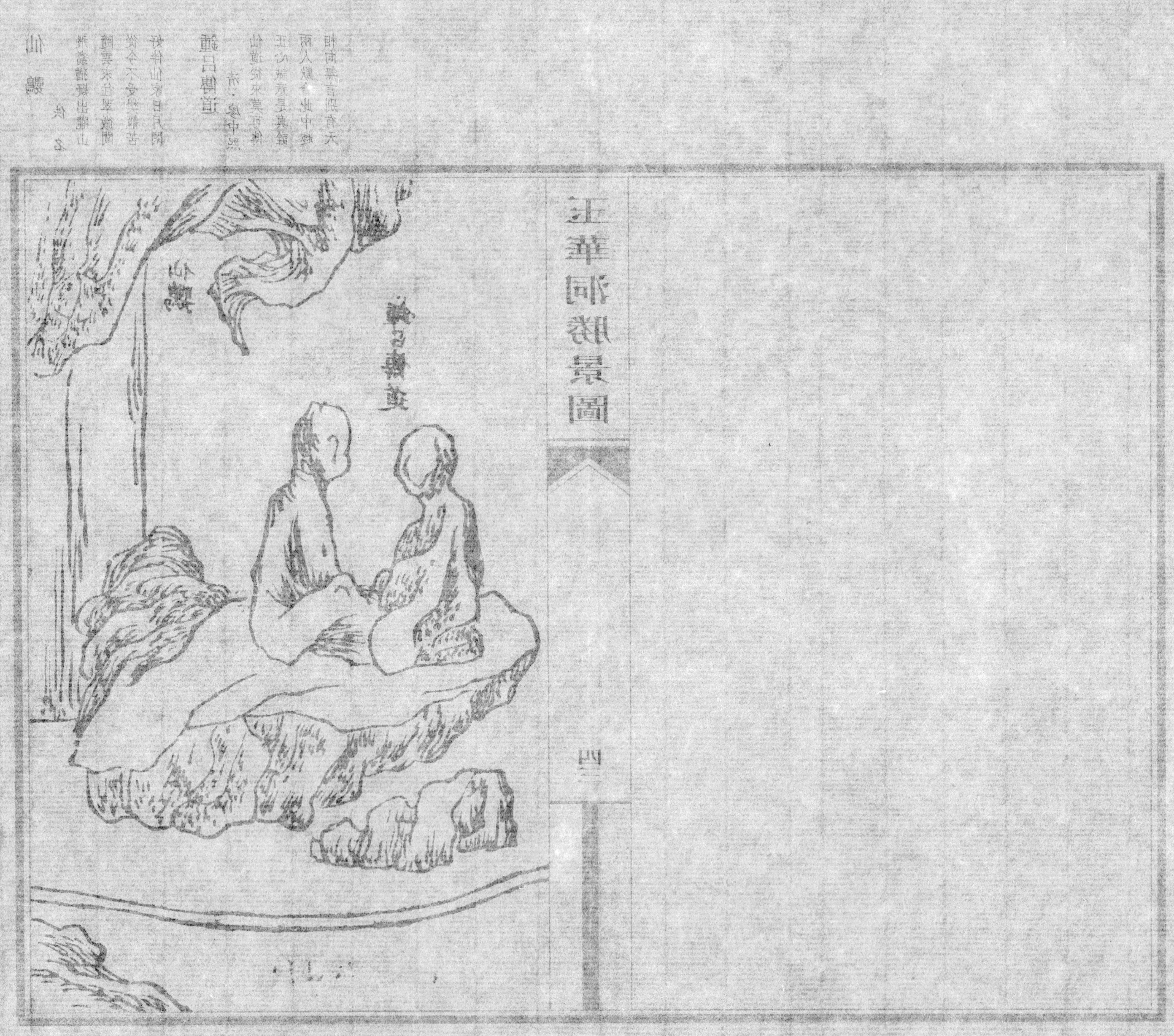

觀音

明·林兆蘭

觀空有色西江月
聽世無音南海潮
普度衆生甘露灑
婆心一片惠風飄

仙房

佚名

摩崖尋古跡
到此得仙房
倚石爲門户
隨雲作繚牆
蓬萊居咫尺
閬苑接蒼茫
便覺塵凡隔
壺中日月長

小观音

仙房

仙房

仙傘　佚名

為誰收後為誰開
獨立巖前百尺臺
青鳥已隨仙鳥去
幾時撐嚮月中來

石獅小獅　清·廖長齡

仙洞奇巖景萬千
雄獅大小戲纏綿
何當舞到民間去
共展昌榮禹甸天

石龜　清·余思復

精藏天地氣
龜息古洞天
為獻彭公壽
匆忙上石巔

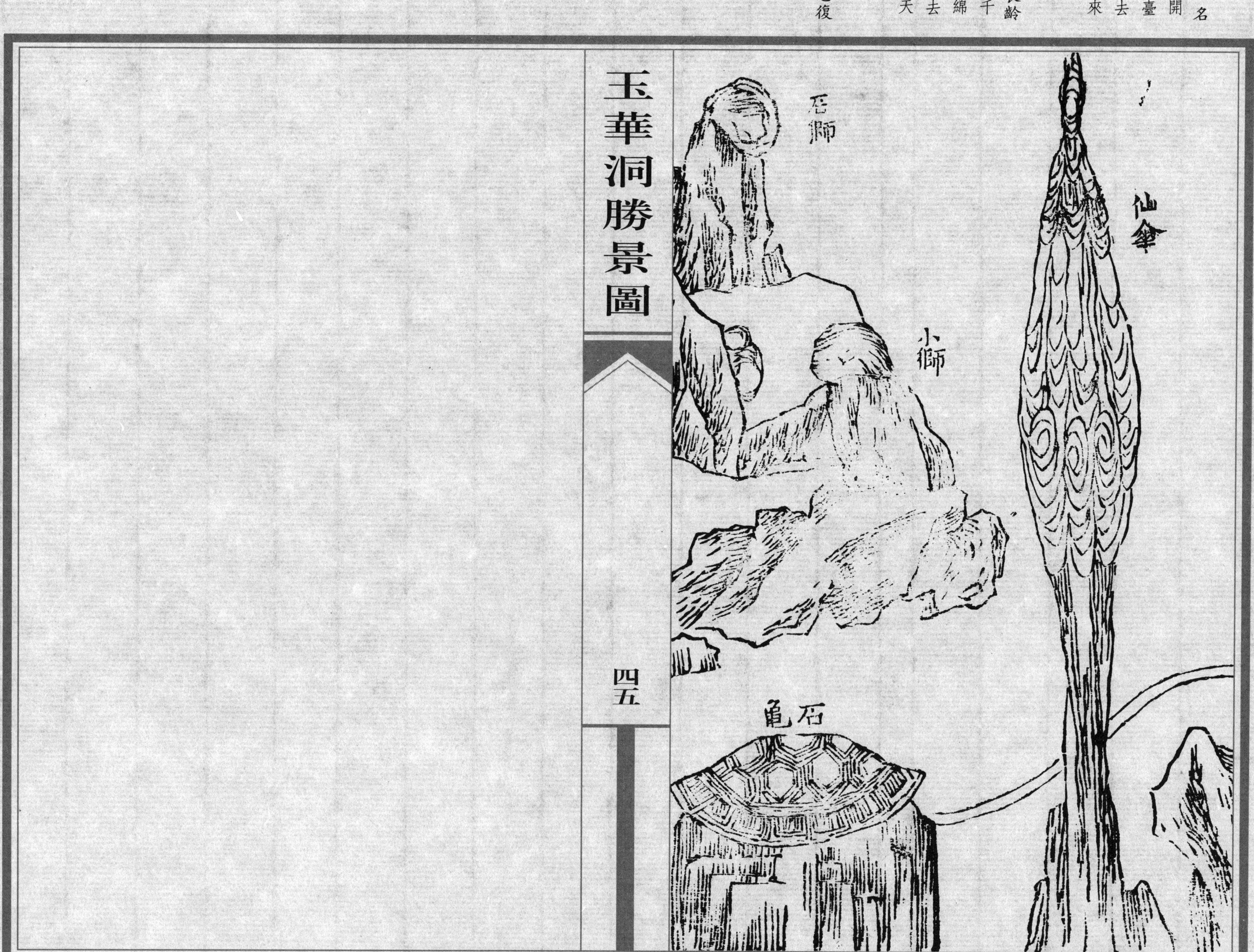

望天犀

佚名

誰把辟塵犀
移在煙雲窟
古洞夜蒼茫
何處望明月

團魚

清・車者奎

物華天寶地
奇異布巖間
何處甕中鱉
亦來湊大千

望天犀

團魚石

玉兔石

清·王源昌

不營三窟不飛迷
蜷伏深山月魄棲
自是千年神藥就
玉衡長鎖已忘蹄

旗槍

佚名

旗鼓誰相向
長槍列兩行
仙家無用處
留贈羽林郎

旗鎗石

玉兔石

玉華洞勝景圖

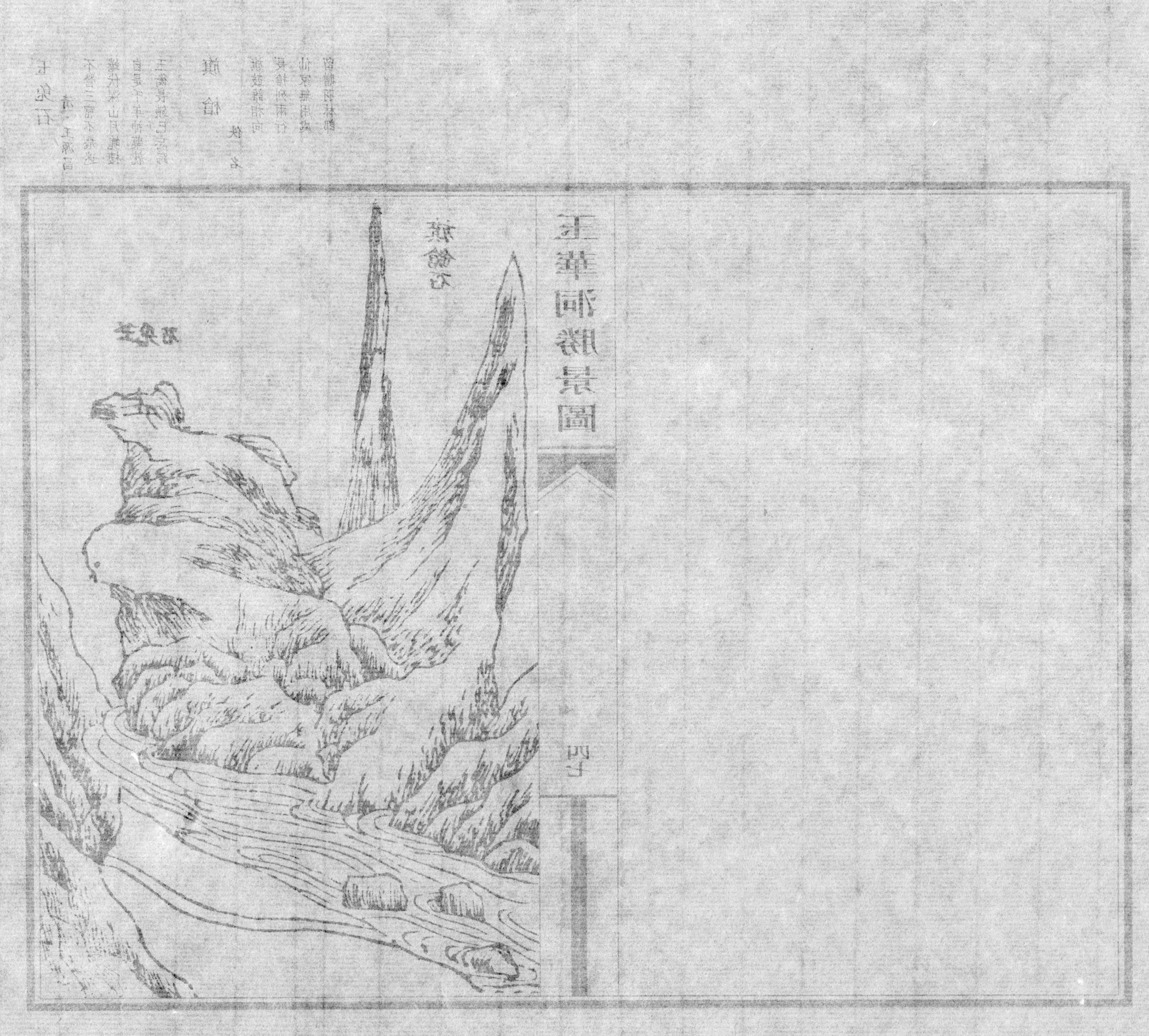

玉龍首出

佚名

玉龍首出在遥空
刻劃惟憑造化功
應是僧繇畫不到
爪牙飛舞五雲中

文禽戲水

明·路振飛

彩禽愛芳潔
泉水正清漪
淨洗淩霄翮
冷看鷸蚌持

玉龍首出
文會漱水

錦雞石

清·王源昌

文明自晦碧山阿
豈羨垂雲海外摩
不見天階山下石
巖棲寧歎雉羅羅

仰面猴

佚名

沐猴未得冠
棘猴雕幾許
悟得白雲心
仰面徒延佇

劉海戲蟾　佚名

忽睹仙人跡
憑虛戲玉蟾
鳶魚俱活潑
隨處樂飛潛

頭盔　佚名

誰從巖洞裏
免胄更趨風
料得干戈戢
車書慶大同

石銃　佚名

石銃分明立翠微
不須更説佛郎機
仙家何處需韜略
留與登壇助指揮

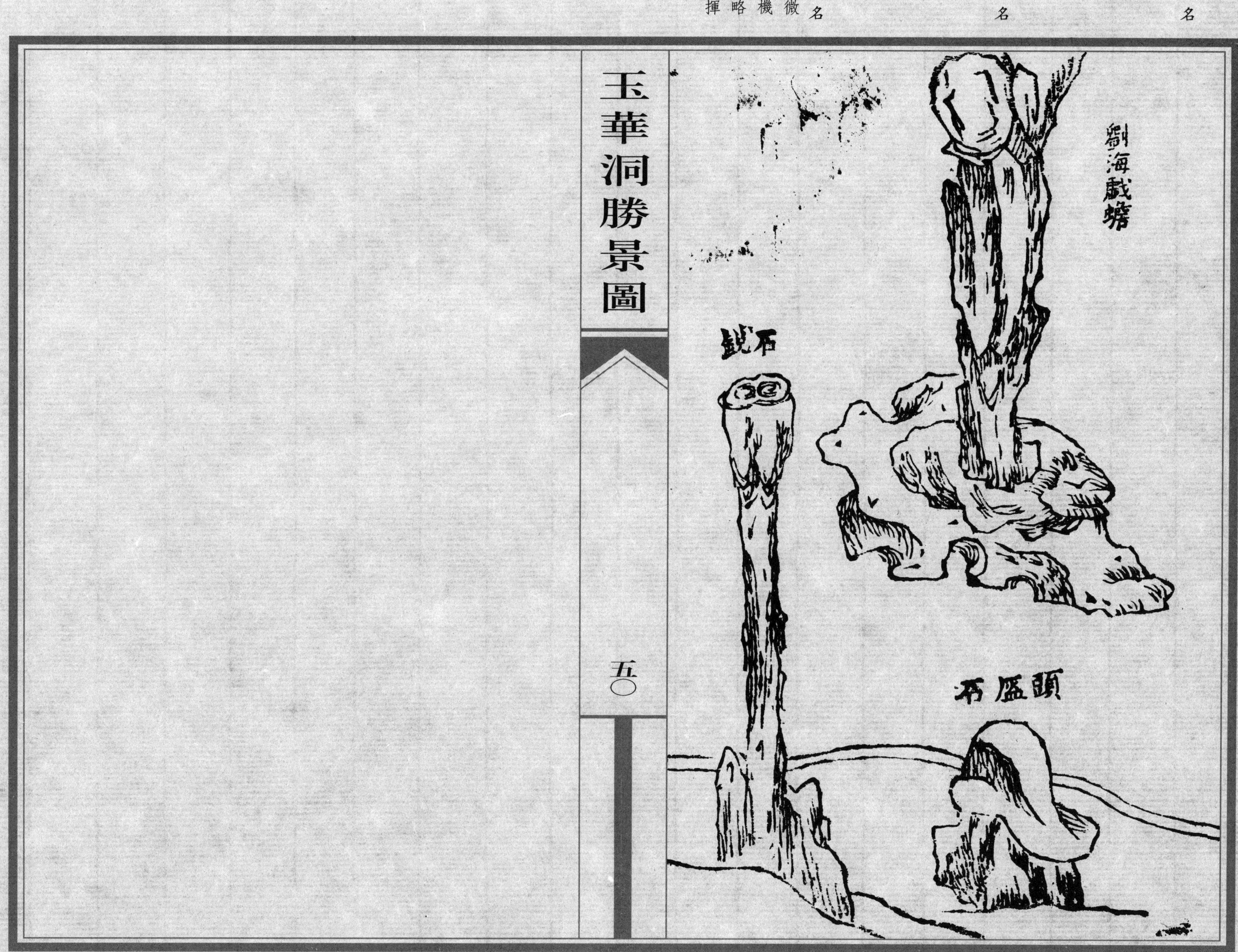

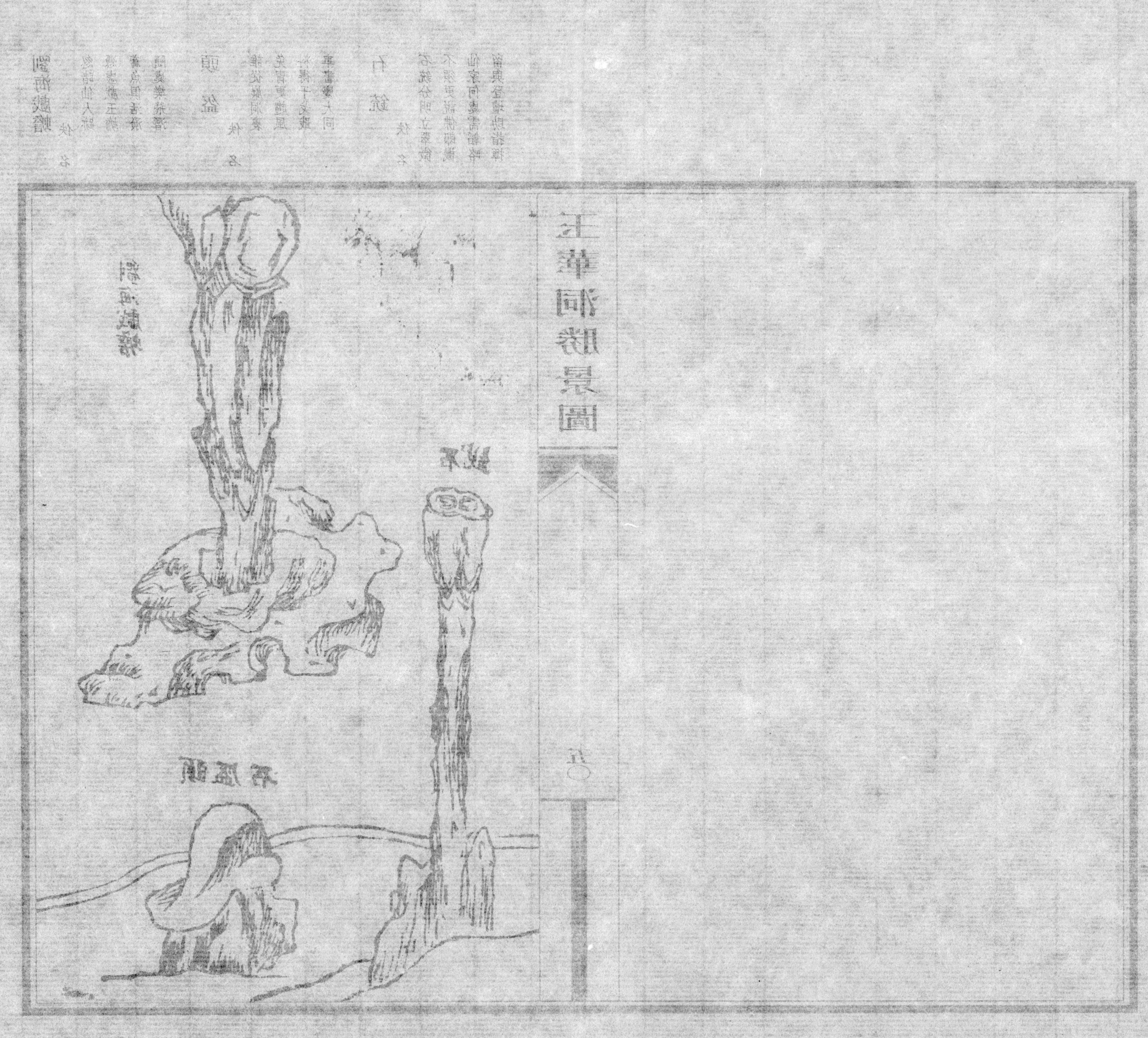

石鐘　清·張程

焚膏恣幻境
戞石出金聲
只許雲根迥
那知地籟生
禹追渾未蠡
泗磬可同鳴
更聽流泉和
尤宜忘味傾
豈今煉色補
當共支幾名
待撞累千劫
如聞扣五更
虛靈自有日
詭怪良須驚
未卜茲遊處
吾將問君平

石龕　清·余思復

瑶池王母宴羣仙
石龕空空尚威嚴
我欲飛身龕中坐
可當圜夢化真仙

仙鼓　佚名

團欒石鼓倚巖中
地籟遥聞震太空
寄語茂先詩博物
不須更取蜀山桐

漫天帳　清·王源昌

鋪帳參天復門藏
何年甲乙此中張
八公已去思仙幕
雲布虹舒一望長

仙梆　清·方正玢

何處聞宵柝
空山響獨清
仙人閑擊節
豈爲不平鳴

仙竈

佚名

世外誰聞季女肌
儼然井竈自操持
此中火候知多少
曾是黄粱飯熟時

仙桌

清·王源昌

夜半前移宣室殿
何如掃石倚雲根
擎來金案仙人掌
不許人間席半分

仙水缸

佚名

貯得清泉養卧龍
一缸春水碧溶溶
若教玉女頭須洗
移向華山六六峯

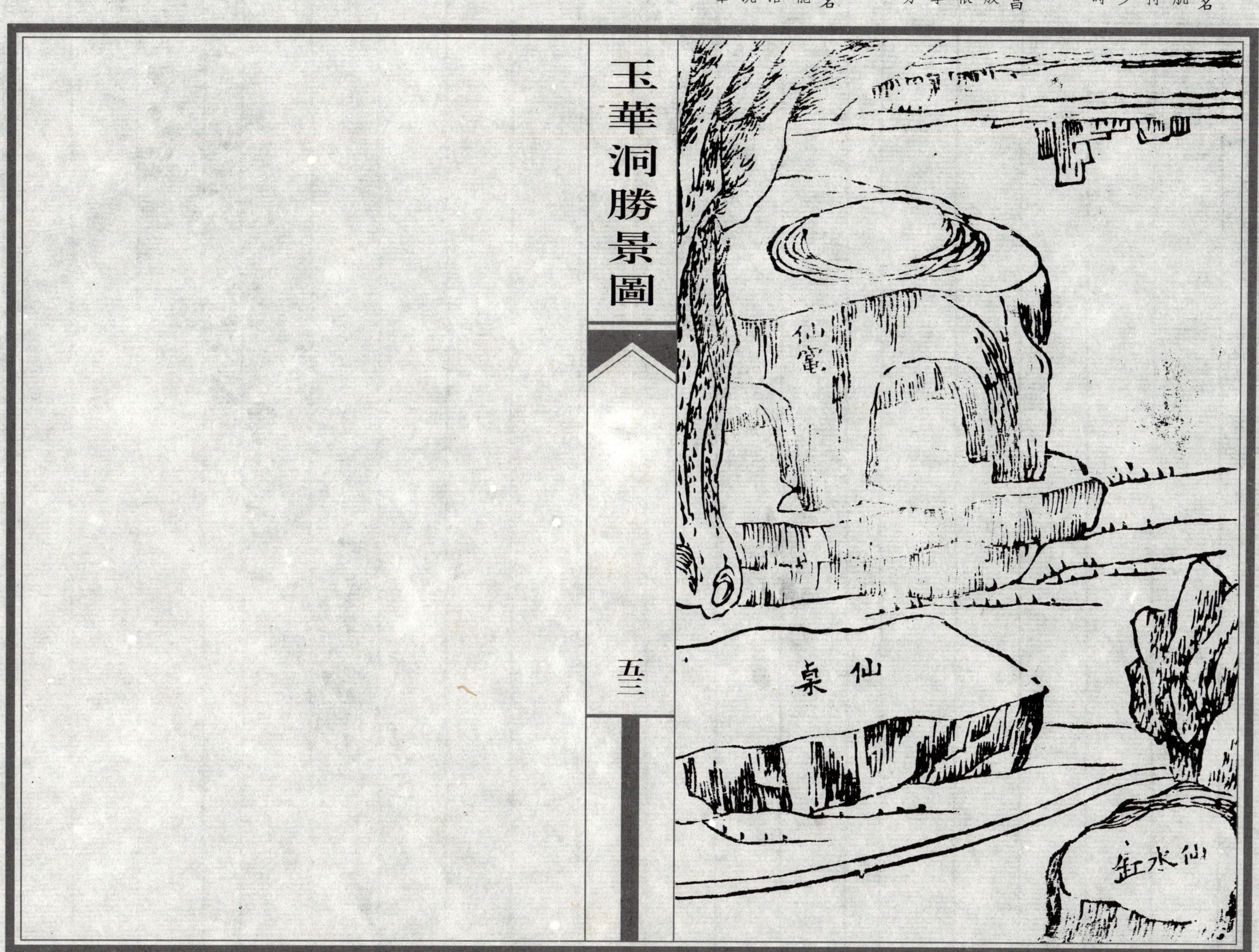

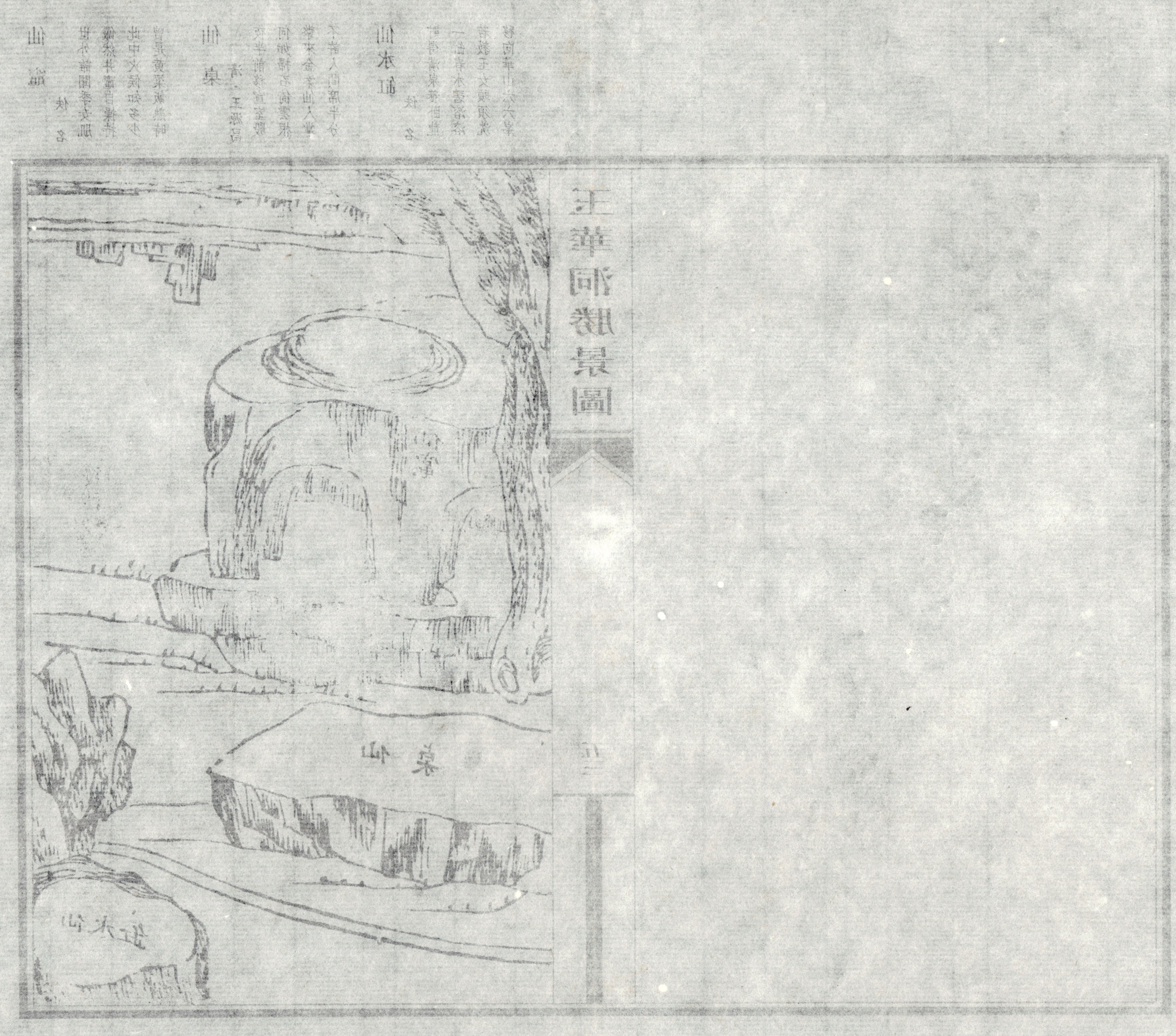
玉華洞勝景圖
仙桌
仙水缸

白狸

佚名

巖畔白狸眠
優遊物外天
自從歸閬苑
不墮野狐禪

仙橋

佚名

十里橫波架白虹
一彎略彴碧流中
此間定有仙人履
不見當年黃石公

仙橋

五仙聚會

清・王源昌

曾望匡廬五老峯
倒移洞半削芙蓉
土人竟說羣仙會
誰是巖邊柯爛翁

五仙聚會

佚名

五仙昂然來
道是匡廬客
我欲乞丹砂
冉冉秋雲白

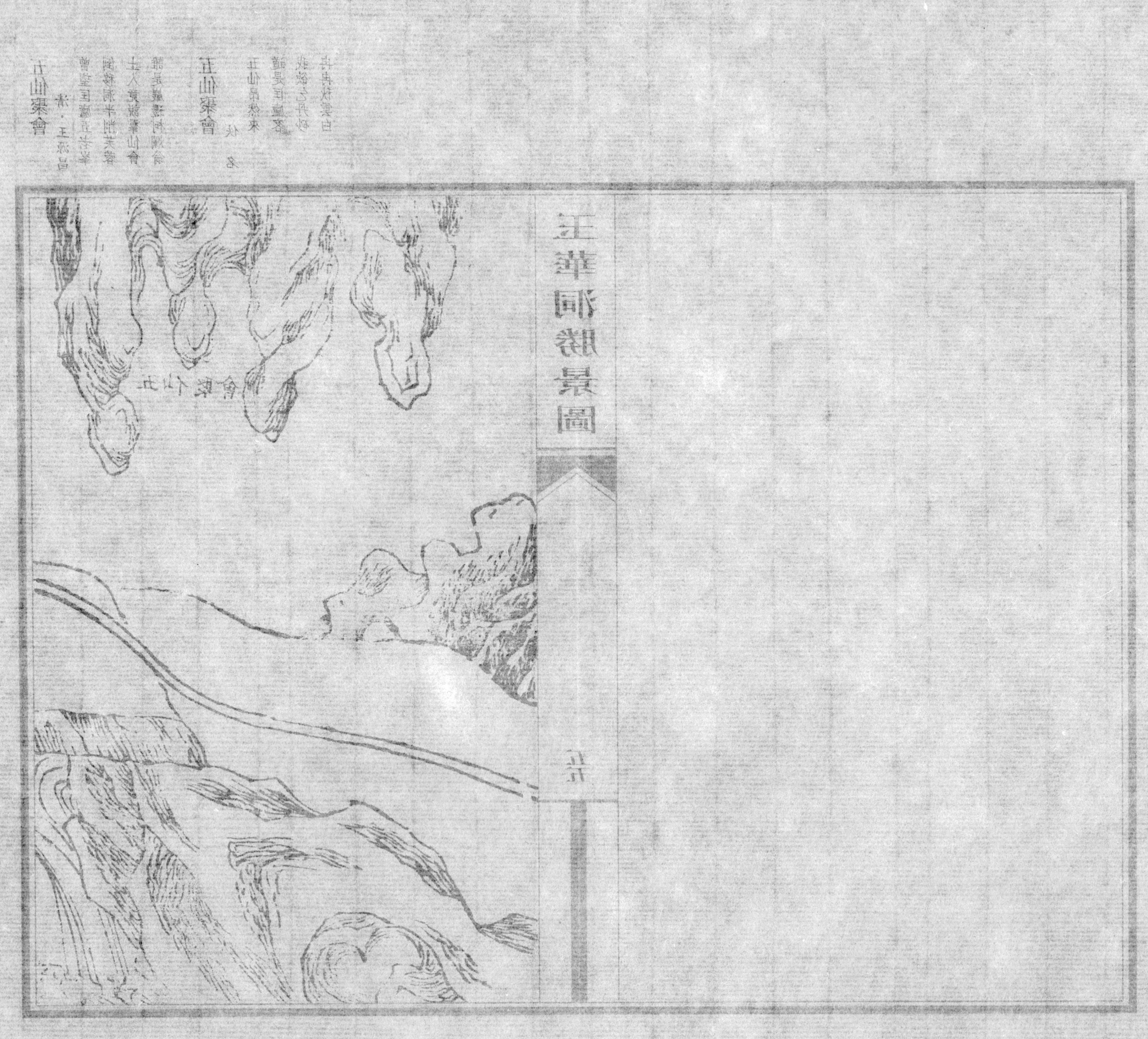

彌勒佛

清·王源昌

鎮日嘻嘻問碧翁
收來天地袋包中
點頭又見石開口
無奈人間愁壘重

彌勒佛

佚名

西來大意更云何
不著紅塵一點魔
怪底年年開笑口
菩提世界樂婆娑

彌勒佛

清·王源吕

鎮日嘻嘻問善含
收來天地袋包中
詰頭又見石開口
無奈人間愁墨重

彌勒佛

佚名

西來大意更云何
不著紅塵一點魔
徹底年年開笑口
菩提世界樂悠悠

彌勒佛

明月落江　佚名

澄江如練月如盤
一片清光倒影寒
記得金山秋繫纜
四更人倚碧闌干

明月落江　清·王源昌

萬川月影一川歸
江靜寒清浴素輝
欲向天根穿月窟
波恬凝碧夜分時

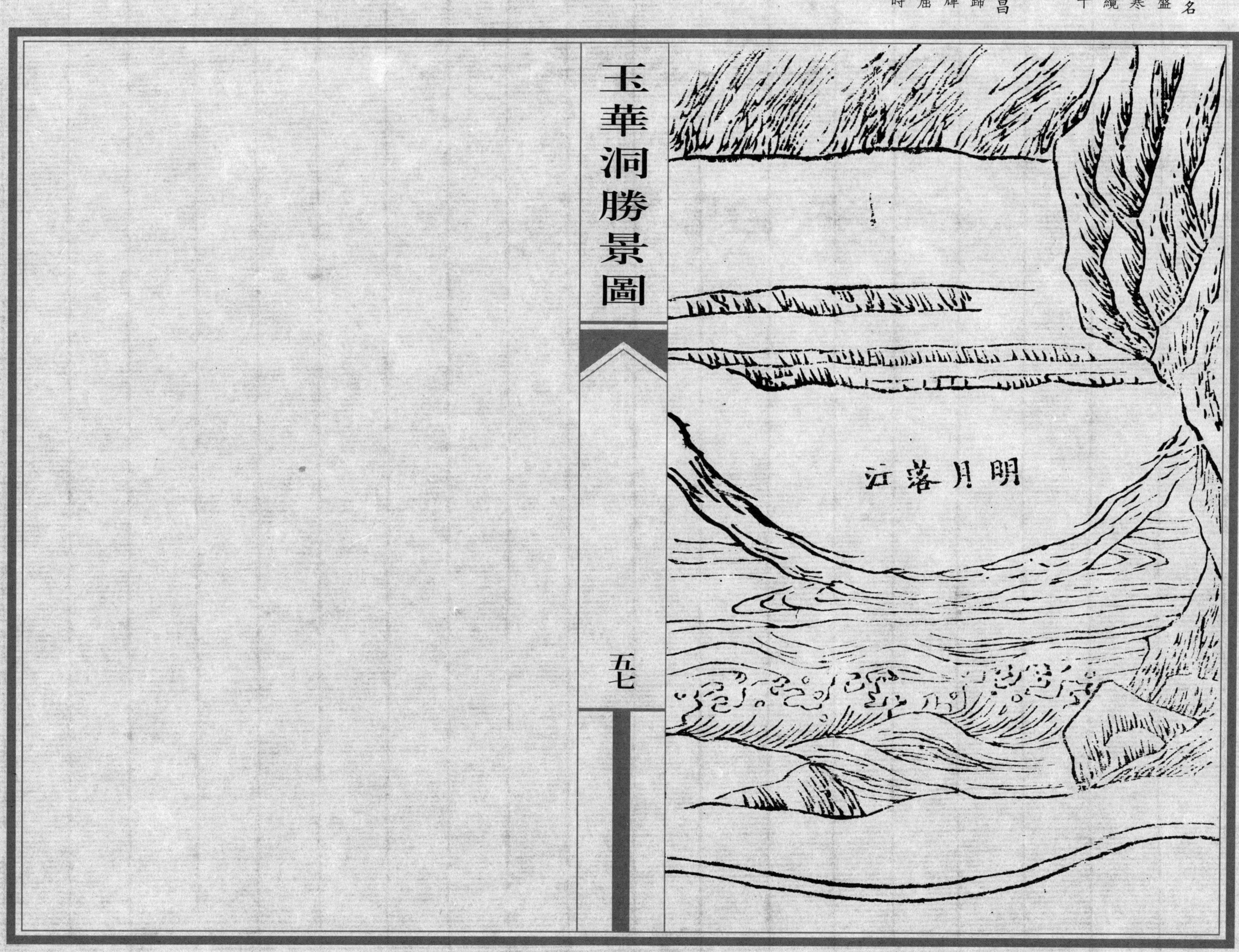

十二垂乳

佚名

二六闌干列畫圖
遙天清漏滴銅壺
仙家詩思多清妙
咳唾隨風點點珠

毫光石

佚名

忽見毫光起
依稀頂上圓
空山一片石
璀燦白雲邊

十二垂乳　佚名

三六闌干列畫圖
遥天清籟滴銅壺
仙家歲月多清妙
[illegible]雨隨風點碧林

星光石　佚名

忽見毫光起
依稀頂上圓
空山一片石
[illegible]綴白雲邊

玉華洞勝景圖

十二垂乳

石光滑

金星石

明·鄒維璉

亂雲飛翠壁
萬點耀朱光
仙性原沖澹
何須金玉堂

金星石

佚名

想是仙家點未成
懸崖猶見石晶瑩
他時更借金丹力
定顯人間百煉精

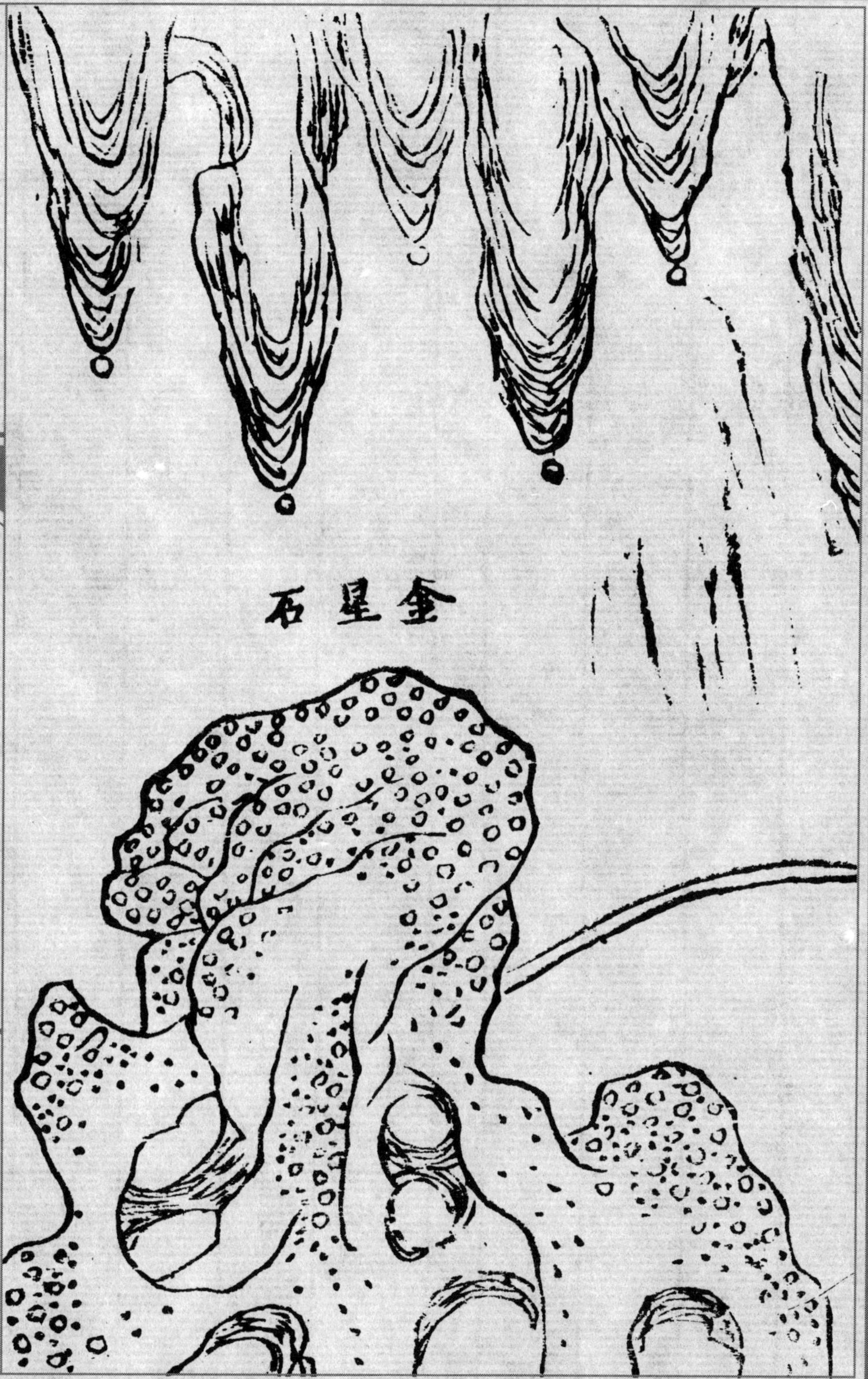

金星石

童子拜觀音

清・王源昌

化身仍自現如來
慧眼常懸認不灰
海月巖濤時作印
皈依誰似小嬰孩

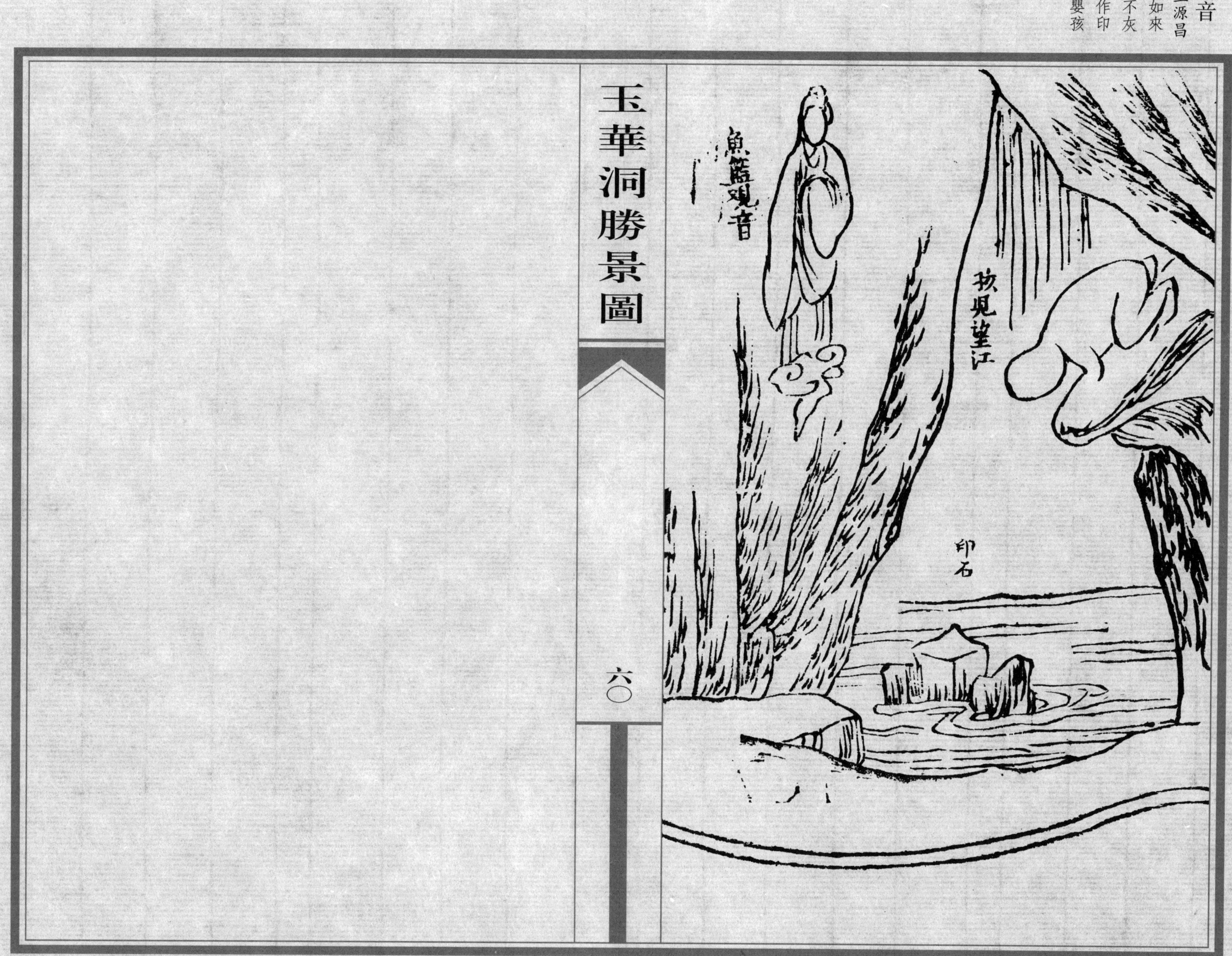

玉華洞勝景圖

童子拜觀音

葡萄樹

明·鄒維璉

漫説西方産
根從漢使回
洞中原有種
香入紫霞杯

核桃

明·伍朝屏

瑶池瓜果任仙挑
誰遣洞中一核桃
我欲長生思不得
滿懷怨恨對碧霄

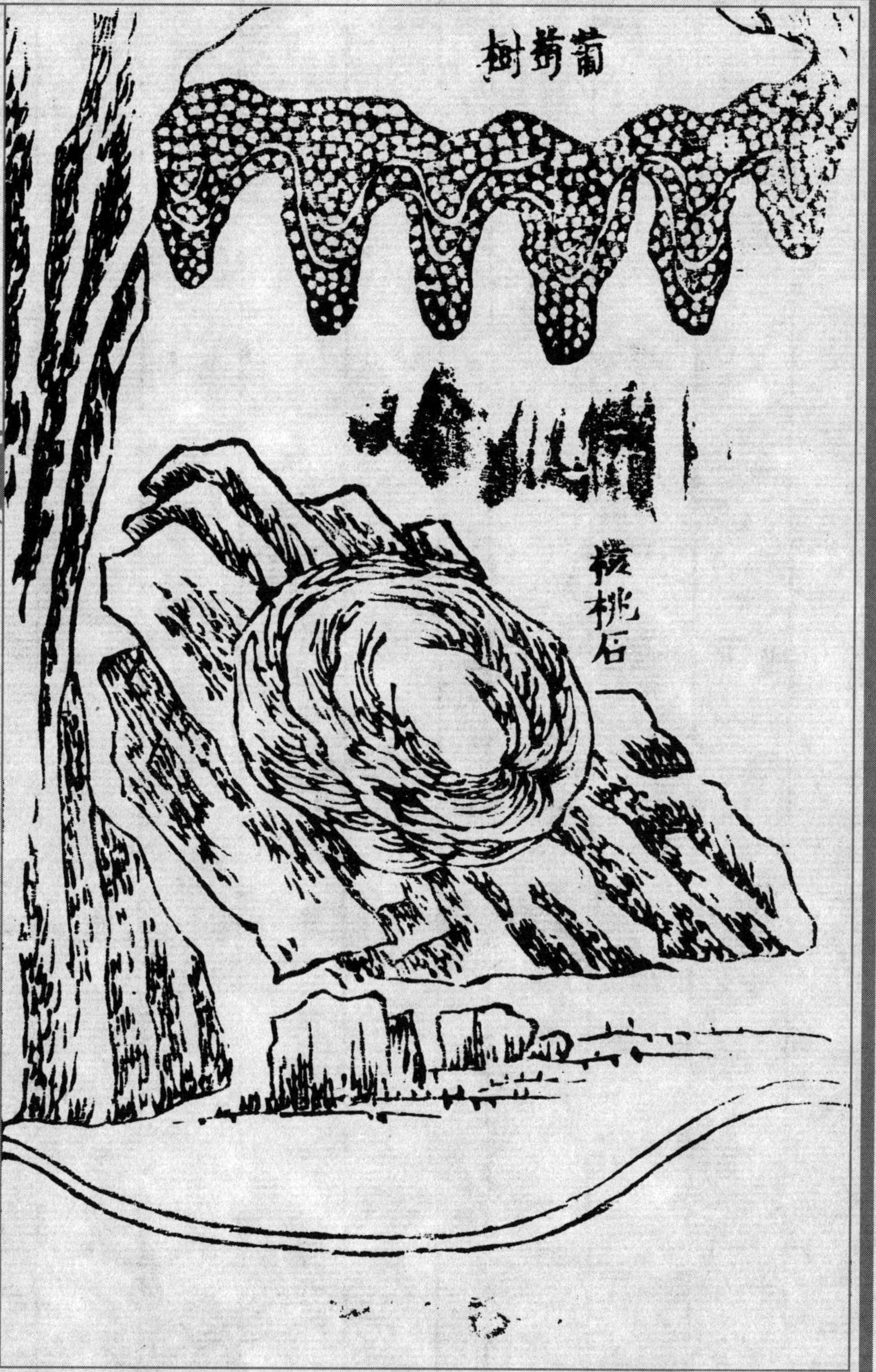

魚脊

明·王人聘

仙人已騎長鯨去
此處空留魚脊石
霧繞雲遮千百載
誰能解得個中偈

紫芝石

清·王源昌

七明三秀產蒼臺
石柱如盤紫氣開
千載瑶光萬載樂
幾人餌向赤松來

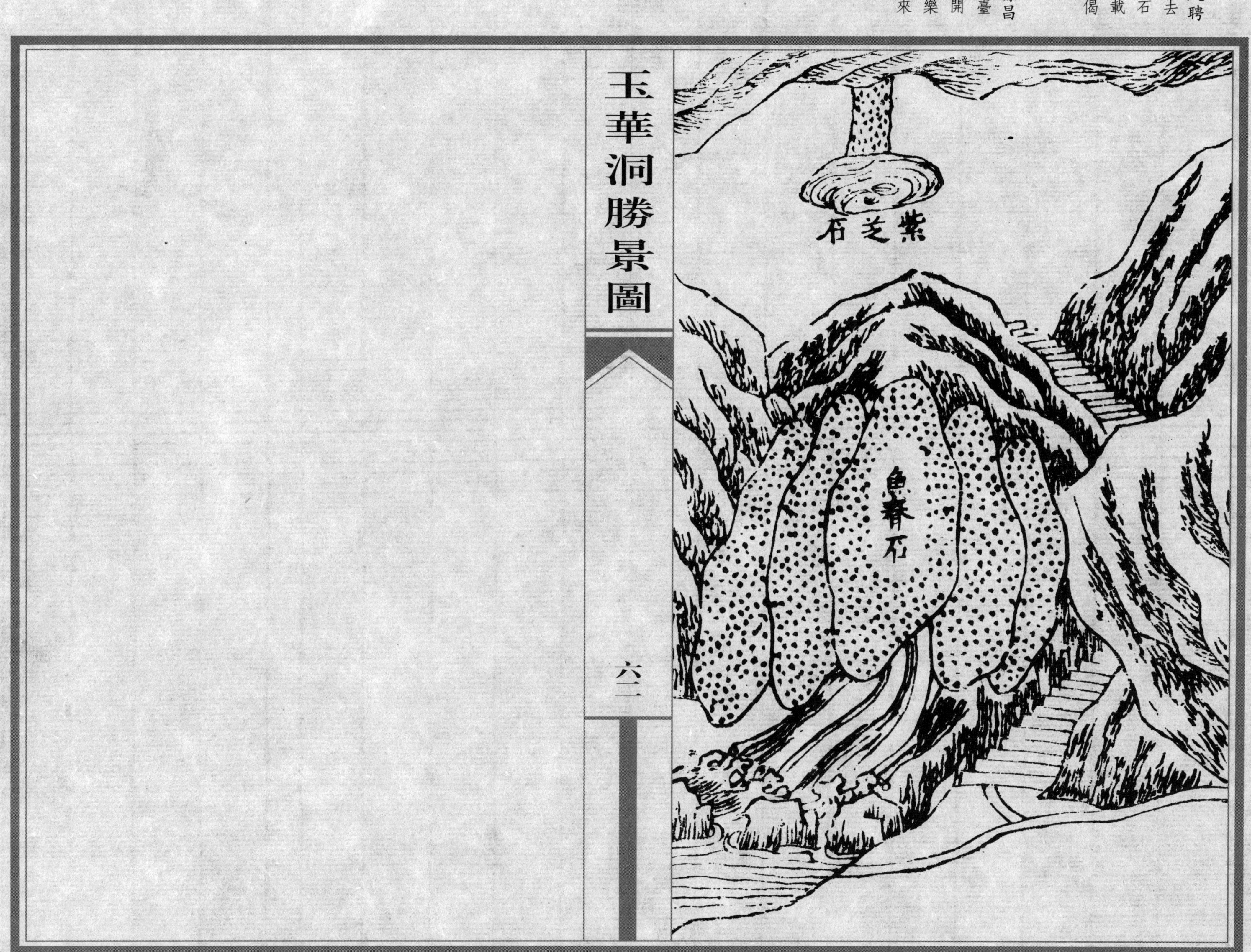

寶石洞口觀音洞口螺螄灣

清·車丁當

世人都曉神仙好
唯有珠寶忘不了
我今來到洞灣口
不想成仙不要寶

玉華洞勝景圖

六三

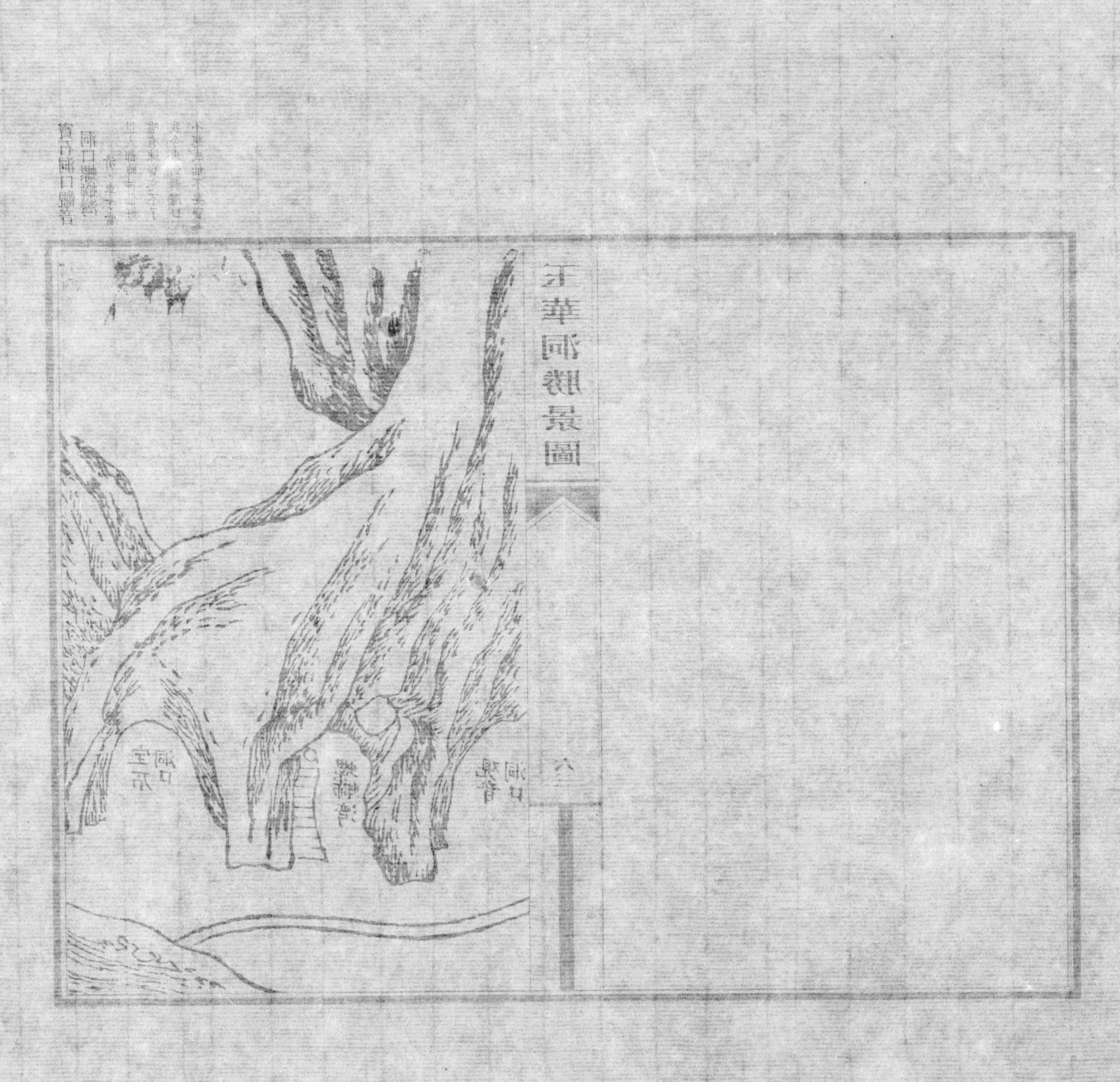

珠簾

佚名

瑶池金母開仙宴
珠簾高挂芙蓉殿
百琲清光映玉闌
千行清露揺宫扇
三十六天響佩環
瑶階細滴虬龍箭
蝦鬚翡翠兩無奇
鮫人淚向銀盤濺
玉鈎不捲晝沈沈
天風吹下神仙院
古洞無人歲月深
依稀似向瑶臺見
吾欲從之訪赤松
領略清光日幾遍

王莽洞勝景圖

葫蘆門

佚名

路轉峯回露蘚痕
宛然風景入桃源
仙家門户知多少
依樣葫蘆又一門

簫鼓洞

清・王源昌

三百餘年陌上聲
瀟瀟風雨洞中鳴
木人誰信能吹笛
鼉鼓逢逢徹夜驚

鵝管石

清・方正玠

右軍風格本神仙
草罷黄庭入九天
翡翠筆牀都離手
雙懸彤管碧巖邊

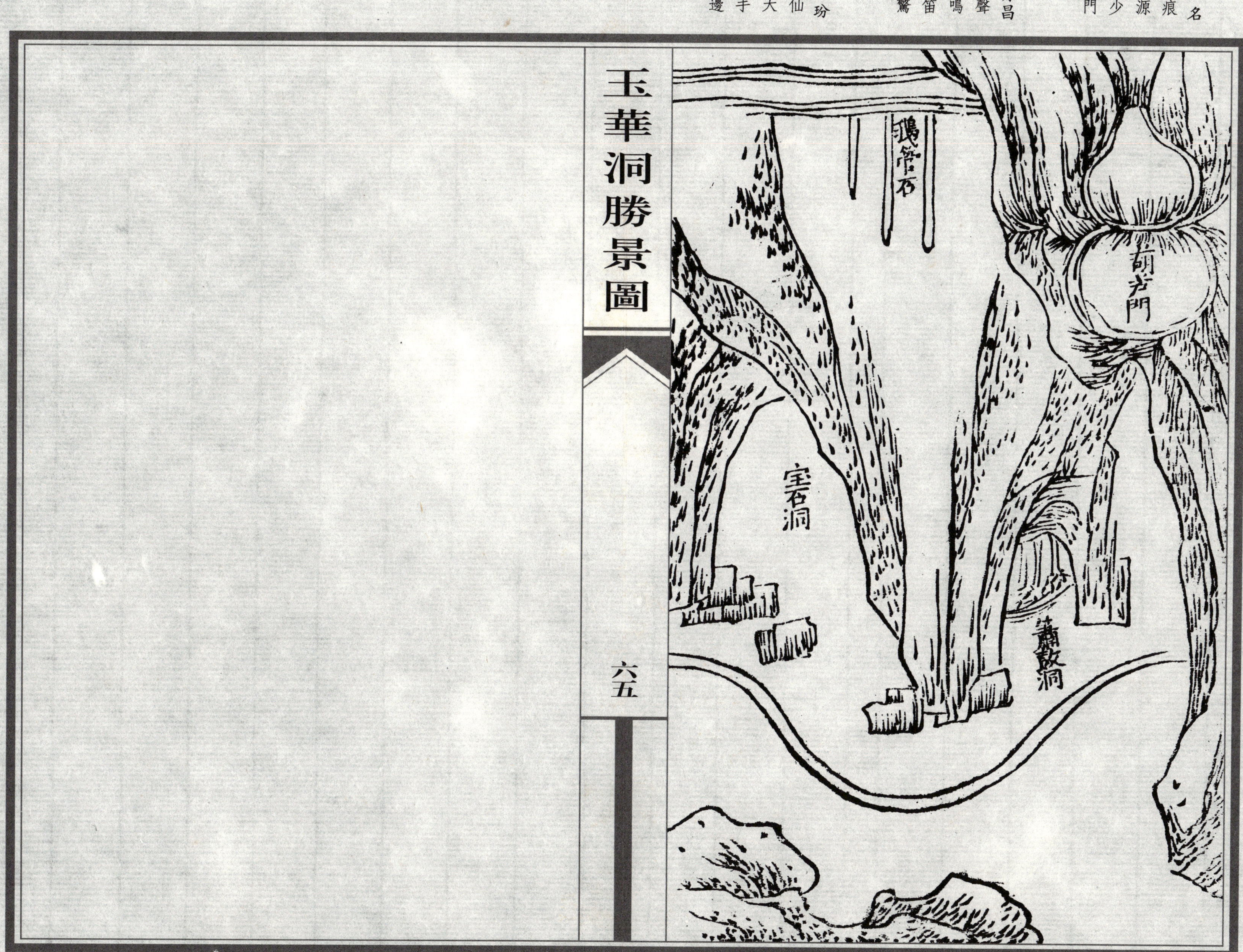

玉華洞勝景圖

六五

七層樓

清・王源昌

碌碌紅塵障面泥
玉華十二結仙棲
丹梯不盡登峯極
曲曲防人退步迷

投壺

佚名

仙人無事樂相邀
玉女投壺盡百驍
一自天公開口笑
矢聲遥落彩雲霄

獅子

明・茅瑞徵

卧虎藏龍地
參禪趺坐天
獸王張血口
發怒爲誰愆

玉華洞勝景圖

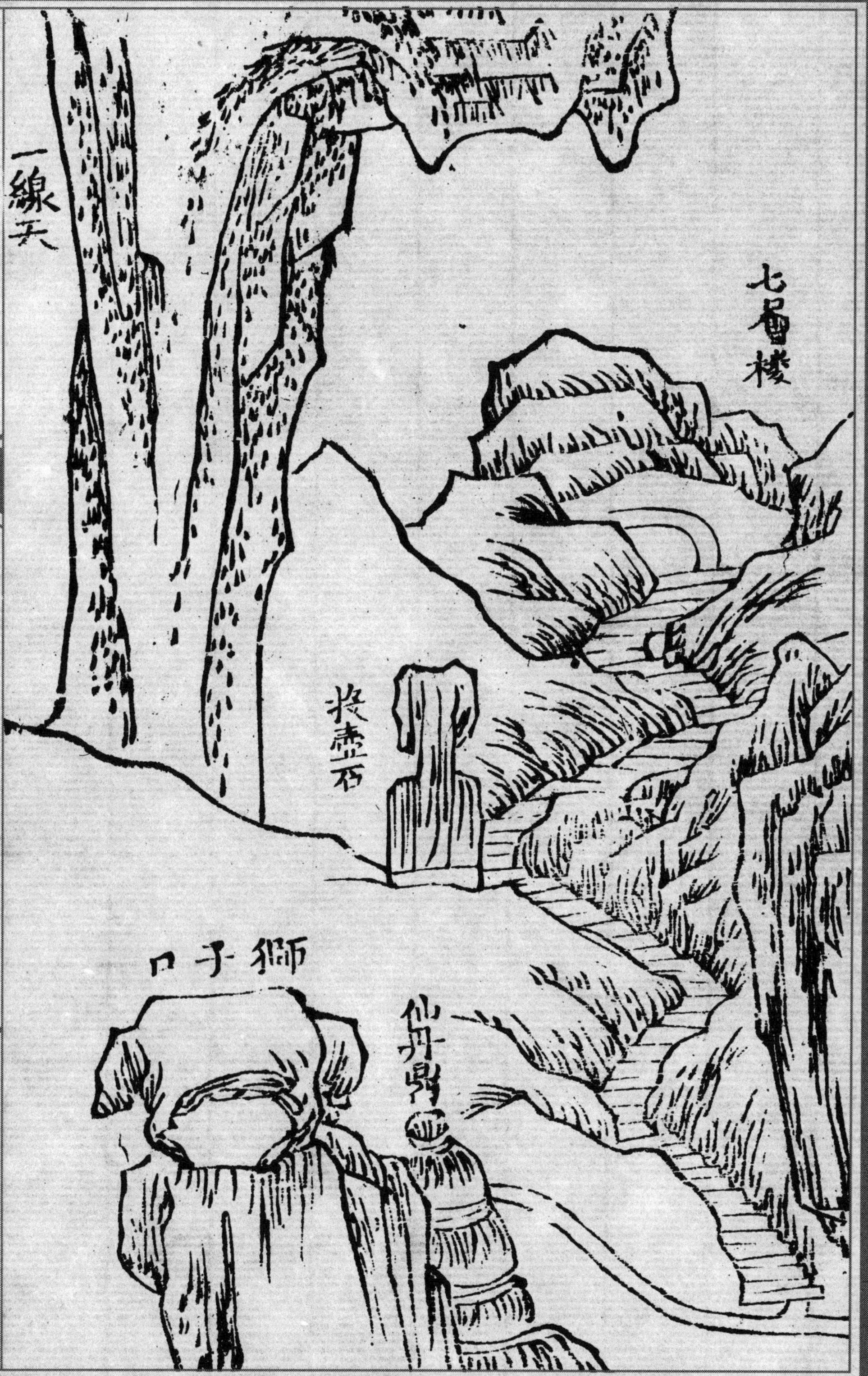

五更天

明・劉光啓

仙窩深處與雲連
一隙茫茫欲曙天
舉首巖天微照入
回頭火謝啓明懸
爽疑栩夢初醒候
共笑迷行若幾年
醉杖出觀層峻極
一天紅日萬家煙

蘧然關

清・王源昌

夢夢浮生朝盡昏
渾如蟣虱處重褌
蘧然都説雞鳴起
恐到關頭睡又温

伏地龍

明・路振飛

嗟爾魚蝦輩
敢輕神物蟠
雲雷一夕震
風雨九天寒

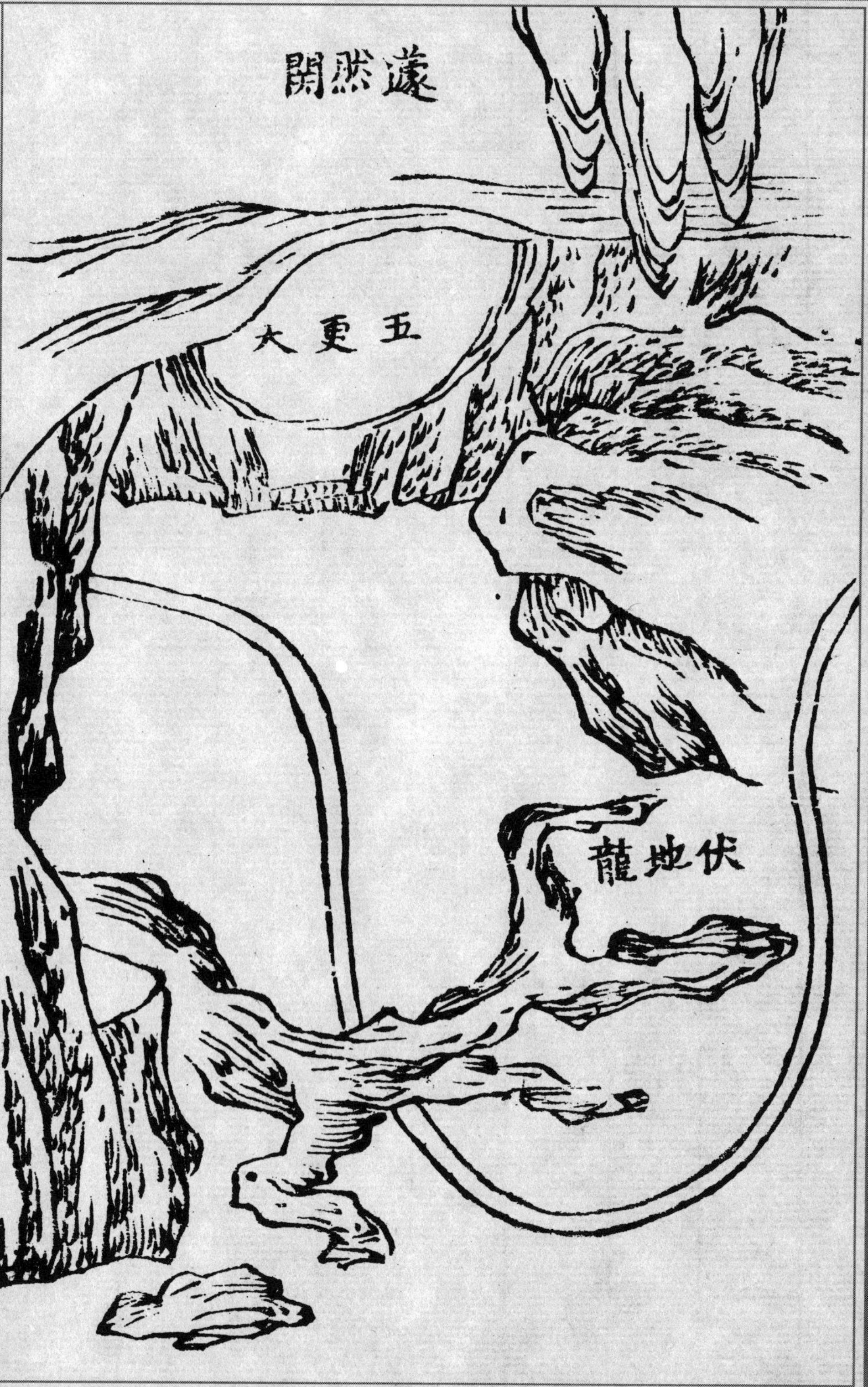

萬丈龍潭

明·路振飛

水面視丹崖
參差一萬丈
神龍潭廬潛
瑞靄層霄上

朝天曙色

明·沈敬蚧

躡蹬探奇深復深
瓊芝瑤草漫招尋
行行數里天將曙
得我雞鳴昧旦心

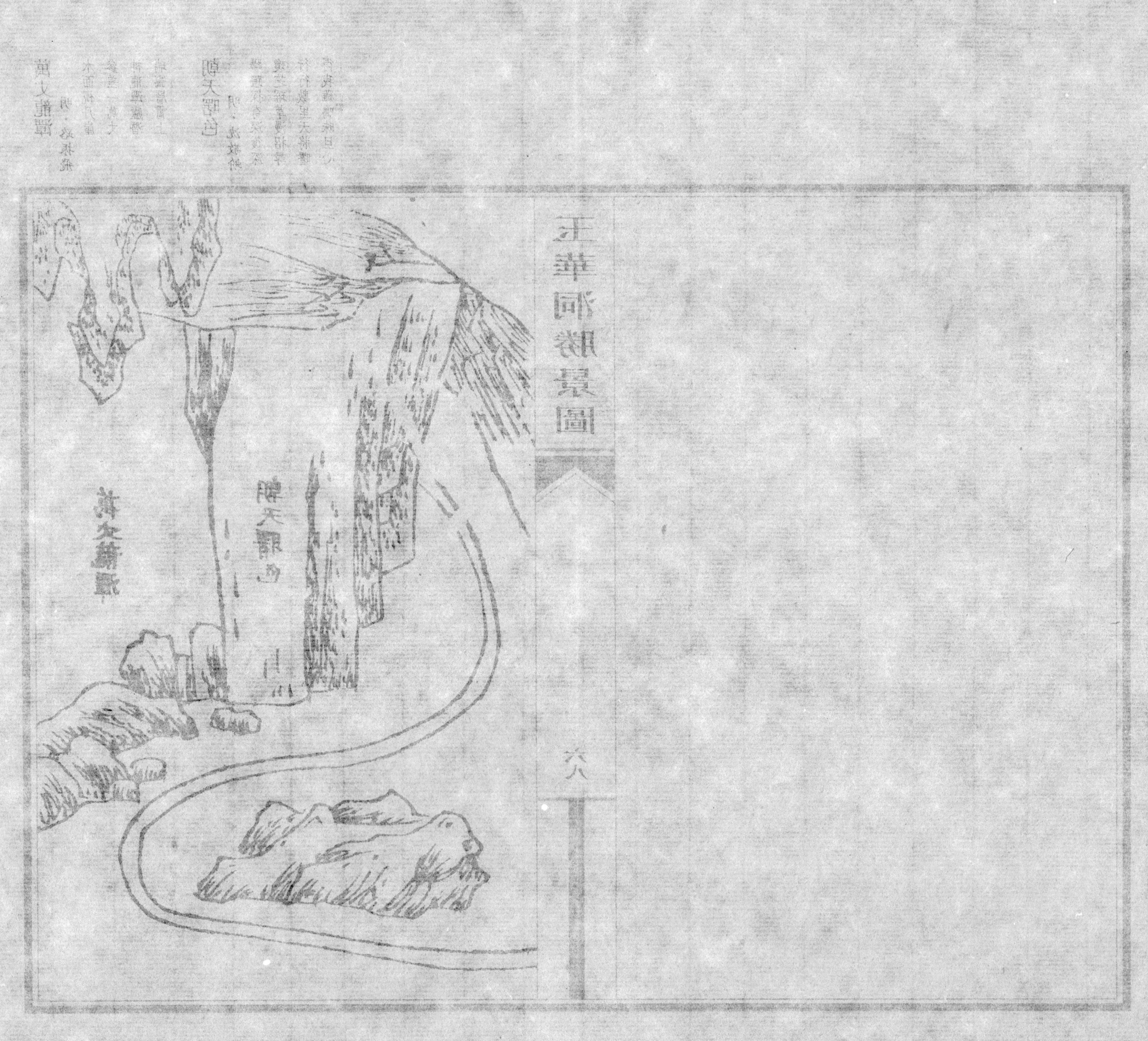

雞冠石

佚名

憑誰刻劃作雞冠
一朵盈盈映日看
安得仙人股七七
移根來傍曲欄干

蓮蓬石

佚名

纔向紅塵學六郎
又添佳實滿陂塘
此中蓮子心多苦
不羨人間有蔗漿

火焰石

清·王源昌

浮生何處不炎洲
爛額焦頭蛾撲油
幾見隨煙能上下
劫灰燒盡擁丹丘

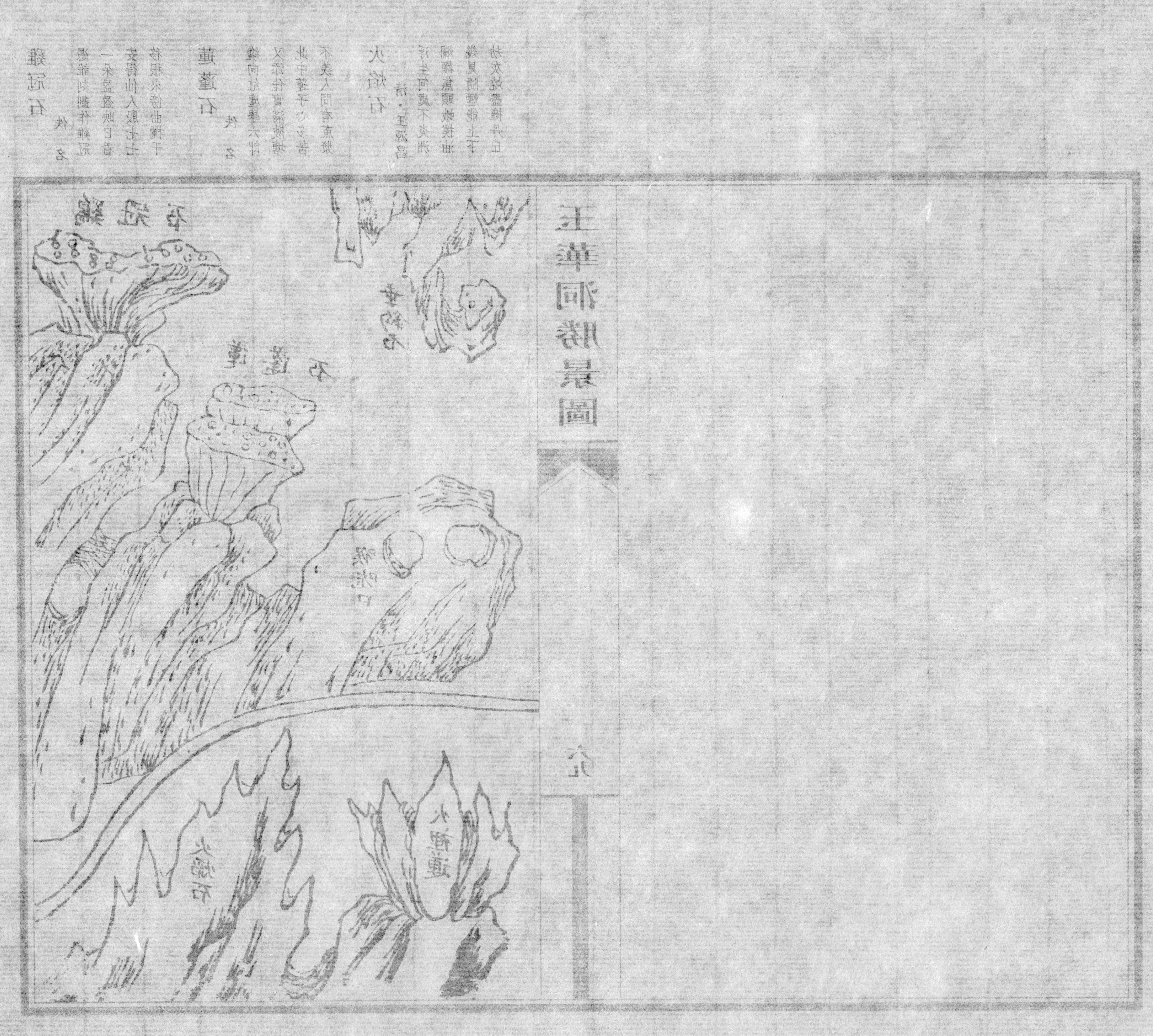

幽谷陽春

佚名

誰吹鄒律滿巖中
陽氣潛回大地風
二十四番花信早
仙家幾度小桃紅

懶坐觀音

清·方正玢

懸崖刻劃本離奇
似是觀音懶坐時
何事菩提閑不語
天風海月靜中知

彩雲巖

佚名

瑞氣氤氳滿碧天
彩雲吹落翠微巔
定然不是巫山夢
閶闔開時擁紫煙

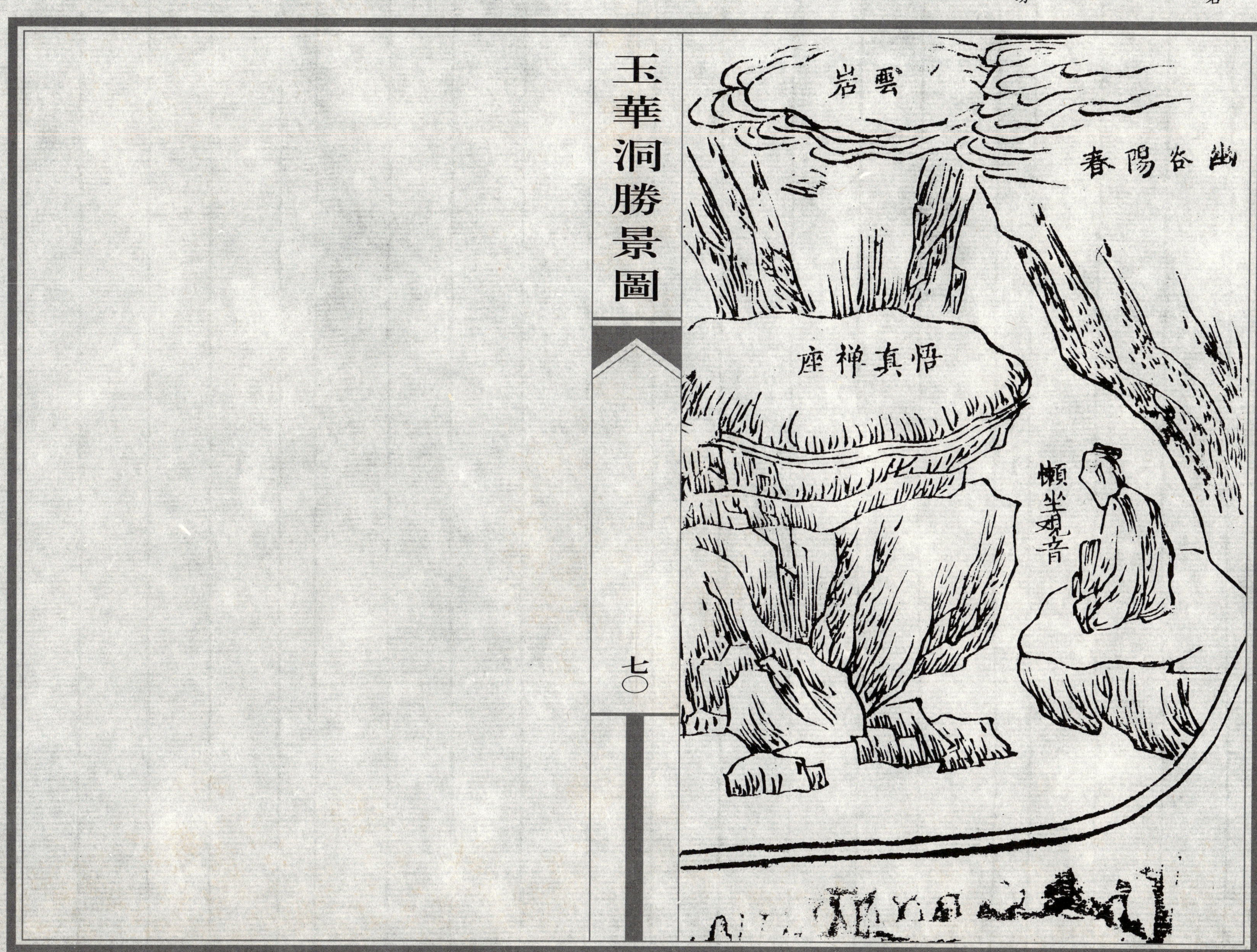

玉華洞勝景圖

虎皮　佚名

片石斕斑似虎皮
笑他羊質漫相欺
若教蒙得胥臣馬
可記將軍没羽時

雌雞抱卵　清·王源昌

不作飛雄學守雌
分明響絶木爲雞
若求個裏真消息
正是玄黄未剖時

淨瓶　佚名

誰向仙人几
層巖置淨瓶
年年楊柳緑
掃地讀黄庭

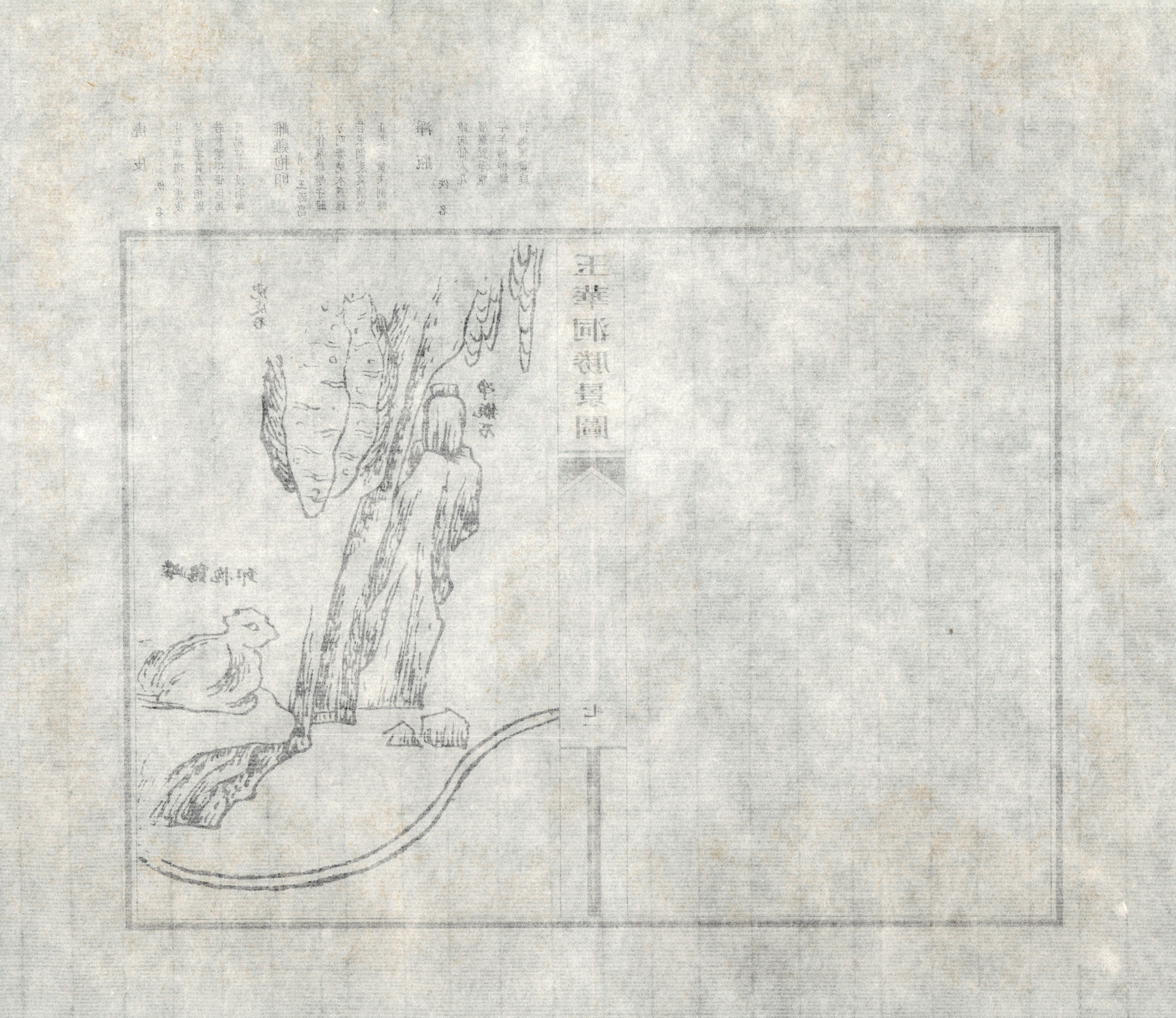

觀音聖像

佚名

鑿破混沌心
現出慈悲態
萬象此俱空
隨雲觀自在

圖書在版編目(CIP)數據

玉華洞勝景圖/(明)蕭懋繪圖.—上海:上海古籍出版社,2010.4

ISBN 978-7-5325-5535-2

Ⅰ.玉… Ⅱ.蕭… Ⅲ.①版畫-作品集-中國-明代②溶洞-將樂縣-圖集 Ⅳ.①J227②K928.79

中國版本圖書館CIP數據核字(2010)第035707號

策　劃:黃建平[?]　林夫妙[?]
　　　　蔡禮俊

編　委:謝朝陽　吳福瑞[?]
　　　　陳炳春　楊長新

ISBN 978-7-5325-5535-2

玉華洞勝景圖　〔明〕蕭懋　繪圖

出版　上海古籍出版社
（上海瑞金二路二七二號　郵政編碼二〇〇〇二〇）
（1）網址：www.guji.com.cn
（2）E-mail：guji1@guji.com.cn
（3）易文網網址：www.ewen.cc

發行　新華書店上海發行所

印刷　杭州蕭山古籍印務有限公司

開本　七〇〇毫米×一二八〇毫米　六分之一

印張　三

印數　一—一二〇〇

版次　二〇一〇年四月第一版
　　　二〇一〇年四月第一次印刷

書號　ISBN 978-7-5325-5535-2/J·335

定價　叁佰捌拾元

圖書在版編目(CIP)數據

玉華洞勝景圖/(明)蕭慈繪圖. —上海:上海古籍出版社,2010.4
ISBN 978-7-5325-5535-2

Ⅰ.玉… Ⅱ.蕭… Ⅲ.①版畫-作品集-中國-明代②溶洞-將樂縣-圖集 Ⅳ.①J227②K928.79

中國版本圖書館 CIP 數據核字(2010)第 035707 號

策　劃:黄建平　林共妙
　　　　蔡禮俊

編　委:謝朝陽　吴福瑞
　　　　陳炳春　楊長新

ISBN 978-7-5325-5535-2

玉華洞勝景圖　〔明〕蕭　慈　繪圖

出版　上海世紀出版股份有限公司
　　　上　海　古　籍　出　版　社
　　　(上海瑞金二路二七二號　郵政編碼二〇〇〇二〇)
　　　(一)網址　www.guji.com.cn
　　　(二)E-mail　gujil@guji.com.cn
　　　(三)易文網網址　www.ewen.cc
發行　新華書店上海發行所
印刷　杭州蕭山古籍印務有限公司
開本　七〇〇毫米　乘　一三八〇毫米　六分之一
印張　三一
印數　一——二一〇〇
版次　二〇一〇年四月第一版
　　　二〇一〇年四月第一次印刷
書號　ISBN 978-7-5325-5535-2/J·335
定價　叁佰陆拾元